UNE ANNÉE DE LA VIE DU CHEVALIER DE FAUBLAS.

UNE ANNÉE DE LA VIE DU CHEVALIER DE FAUBLAS.

Par M. LOUVET DE COUVRAY.

TOME DEUXIEME.

Seconde édition, revue, corrigée & augmentée.

*

A LONDRES,

Et se trouve a Paris,

Chez Bailly, Libraire, rue S. Honoré, vis-à-vis la barrière des Sergents.

Et chez les Marchands de Nouveautés.

M. DCC. XC.

UNE ANNÉE
DE LA VIE
DU CHEVALIER
DE FAUBLAS.

MON Histoire offre un exemple effrayant des vicissitudes de la fortune. Il est ordinairement très-commode, mais quelquefois aussi très-dangereux, d'avoir un ancien nom à soutenir, & de grands biens à conserver. Unique rejetton d'une famille illustre, dont l'origine se perd dans la nuit des tems, je devrois occuper dans mon pays les premieres charges de l'Etat, & je me vois condamné à languir à jamais sous un ciel étranger, dans une oisive obscurité. Le nom des Lovzinski est honorablement inscrit dans les fastes de la Pologne, & ce nom va périr en moi! Je sais que l'austere philosophie rejette ou méprise les titres vains & les richesses corruptrices; peut-être me consolerois-je, si je n'avois perdu que cela; mais, mon jeune ami, je pleure une épouse adorée, je cherche une fille chérie, & je ne reverrai jamais ma patrie! Quel courage assez endurci pourrois-je opposer à de pareilles douleurs?

Mon père Lovzinski, encore plus distingué par ses vertus que par son rang, jouissoit à la Cour de cette considération, qui suit toujours la faveur du Prince, & que le mérite personnel obtient quelquefois. Il donnoit à l'éducation de mes deux sœurs, l'attention d'un père tendre ; il s'occupoit sur-tout de la mienne, avec le zèle d'un vieux Gentilhomme jaloux de l'honneur de sa maison, dont j'étois l'unique espoir ; avec l'activité d'un bon citoyen qui ne désiroit rien tant que de laisser à l'Etat un successeur digne de lui.

Je faisois mes exercices à Varsovie; là se distinguoit entre nous, par les qualités les plus aimables, le jeune M. de P***. Aux charmes d'une figure à la fois douce & noble, il joignoit les agrémens d'un esprit heureusement cultivé ; l'adresse peu commune qu'il déployoit dans nos jeux guerriers, la modestie plus rare avec laquelle il paroissoit vouloir cacher son mérite à ses propres yeux, pour exalter le mérite moins recommandable de ses rivaux presque toujours vaincus; l'urbanité de ses mœurs, la douceur de son caractère, fixoient l'attention, commandoient l'estime & le rendoient cher à cette brillante jeunesse qui partageoit nos travaux & nos plaisirs. Dire que ce fut la ressemblance des caractères & la sympathie des humeurs qui commencèrent ma liaison avec M. de P***, ce seroit me louer beaucoup; quoi qu'il en soit, nous vécûmes bientôt tous deux dans une intime familiarité.

Qu'il est heureux, mais qu'il s'écoule rapidement, cet âge où l'on ignore, & l'ambition qui sacrifie tout aux idées de fortune & de gloire dont elle est possédée, & l'amour dont le pouvoir suprême absorbe & concentre toutes nos facultés sur un seul objet; cet âge des plaisirs innocens & de la crédulité confiante, où le cœur, novice encore, suit librement les impulsions de sa sensibilité naissante, & se donne sans partage à l'objet de ſes affections déſintéreſſées. Alors, mon cher Faublas, alors l'amitié n'eſt pas un vain nom. Confident de tous les ſecrets de Monſieur de P***, je n'entreprenois rien dont je ne l'inſtruiſiſſe d'abord, ſes conſeils régloient ma conduite, les miens déterminoient ſes réſolutions, & par cette douce réciprocité, notre adoleſcence n'avoit point de plaiſirs qui ne fuſſent partagés, point de peines qui ne ſe trouvaſſent adoucies. Avec quel chagrin je vis arriver le moment fatal, où M. de P***, forcé par les ordres paternels de quitter Varſovie, me fit ſes tendres adieux. Nous nous promîmes de nous conſerver, dans tous les tems, ce vif attachement qui avoit fait le bonheur de notre adoleſcence; je jurai témérairement que les paſſions d'un autre âge ne l'altéreroient jamais. Quel vuide immenſe laiſſa dans mon cœur l'abſence de mon ami! d'abord il me ſembla que rien ne pouvoit me dédommager de ſa perte ; la tendreſſe d'un père, les careſſes de mes ſœurs ne me touchoient que foiblement. Je ſentis qu'il ne me reſtoit, pour chaſſer l'ennui, d'autre moyen que d'occuper mes loiſirs de quelque travail utile ; j'appris la langue françoiſe, déjà répandue dans toute l'Europe ; je lus avec délices, des ouvrages fameux, éternels monumens du génie, & j'admirai comment dans un idiôme auſſi ingrat, avoient pu ſe diſtinguer à ce point tant de poëtes célebres, tant d'excellens écrivains juſtement immortaliſés. Je m'appliquai ſérieuſement à l'étude de la géométrie, je me formai ſur-tout à ce noble métier qui fait un héros aux dépens de cent mille malheureux, & que des hommes moins humains que vaillans, ont appellé le grand art de la guerre.

Plusieurs années furent employées à ces études, aussi difficiles qu'approfondies; enfin, elles m'occupèrent uniquement. M. de P*** qui m'écrivoit souvent, ne recevoit plus que des réponses courtes & rares; notre correspondance languissoit négligée, lorsqu'enfin l'amour acheva de me faire oublier l'amitié.

Mon père étoit depuis long-tems lié très-étroitement avec le Comte Pulauski. Connu par l'austérité de ses mœurs rigides, fameux par l'inflexibilité de ses vertus vraiment républicaines, Pulauski, à la fois grand Capitaine & brave Soldat, avoit signalé, dans plus d'une rencontre, son bouillant courage & son patriotisme ardent. Nourri de la lecture des anciens, il avoit puisé dans leur histoire les grandes leçons d'un noble désintéressement, d'une inébranlable constance, d'un dévouement absolu. Comme ces Héros à qui

Rome idolâtre & reconnoissante éleva des autels, Pulauski eût sacrifié tous ses biens à la prospérité de son pays, il eût versé jusqu'à la dernière goutte de son sang pour sa défense, il eût même immolé sa fille unique, sa chère Lodoiska.

Lodoiska! qu'elle étoit belle! que je l'aimai! son nom chéri est toujours sur mes lèvres, son image adorée vit encore dans mon cœur.

Mon ami, dès que je l'eus vue, je ne vis plus qu'elle, j'abandonnai mes études, l'amitié fut entièrement oubiée, je consacrai tous mes momens à Lodoiska. Mon père & le sien n'avoient pu long-tems ignorer mon amour; ils ne m'en parloient pas, ils l'approuvoient donc? Cette idée me parut assez fondée pour que je me livrasse sans inquiétude, au doux penchant qui m'entraînoit; je pris mes mesures de manière que je voyois presque tous les jours Lodoiska, ou chez elle, ou chez mes sœurs qu'elle aimoit beaucoup; deux années se passèrent ainsi.

Enfin Pulauski me tira un jour à l'écart, & me dit : Ton père & moi nous avions fondé sur toi de grandes espérances, que ta conduite avoit d'abord justifiées : je t'ai vu long-tems employer ta jeunesse à des travaux aussi honorables qu'utiles. Aujourd'hui.... (il vit que j'allois l'interrompre, & m'en empêcha.) Que vas-tu me dire? crois-tu m'apprendre quelque chose que j'ignore? crois-tu que j'avois besoin d'être chaque jour témoin de tes transports, pour sentir combien ma Lodoiska mérite d'être aimée? C'est parce que je sais aussi bien que toi ce que vaut ma fille, que tu ne l'obtiendras qu'en la méritant. Jeune homme, apprends qu'il ne suffit pas que des foiblesses ſoient légitimes pour être excuſées; que celles d'un bon Citoyen doivent tourner toutes au profit de ſa patrie; que l'amour, l'amour même ne ſeroit, comme toutes les viles paſſions, que mépriſable ou dangéreux, s'il n'offroit aux cœurs généreux, un motif de plus qui les excite puiſſamment à l'honneur. Ecoute : Notre Monarque valétudinaire ſemble toucher à ſa fin; ſa ſanté chaque jour plus chancelante, a réveillé l'ambition de nos voiſins; ils ſe préparent ſans doute à ſemer parmi nous les diviſions, ils comptent, en forçant nos ſuffrages, nous donner un Roi de leur choix. Des troupes étrangères ont oſé ſe montrer ſur les frontières de la Pologne : déjà deux mille Gentishommes ſe raſſemblent pour réprimer leur inſolente audace; va te joindre à cette brave jeuneſſe, va, & ſur-tout à la fin de la campagne, reviens couvert du ſang de nos ennemis, montrer à Pulauski un gendre digne de lui.

Je n'héſitai pas un moment; mon père approuva mes réſolutions; mais il ne parut conſentir qu'avec peine à mon départ précipité; il me tint long-tems preſſé contre ſon ſein, une tendre ſollicitude étoit peinte dans ſes regards; il ne m'adreſſa que de triſtes adieux, le trouble de ſon cœur paſſa dans le mien, nos pleurs ſe confondirent ſur ſon viſage vénérable. Pulauski, préſent à cette ſcene touchante, nous reprocha ſtoïquement ce qu'il appelloit une foibleſſe. Sèche tes pleurs, me dit-il, ou garde-les pour Lodoiska; ce n'eſt qu'à de foibles amans qui ſe ſéparent pour ſix mois qu'il convient d'en répandre. Il inſtruiſit ſa fille en ma préſence même, & de mon départ & des motifs qui me déterminoient. Lodoiska pâlit, soupira, regarda son père en rougissant, & m'assura d'une voix tremblante, que ses vœux hâteroient mon retour, & que son bonheur étoit dans mes mains. Encouragé de cette sorte, quels dangers pouvois-je craindre? Je partis ; mais dans le cours de cette campagne, il ne se passa rien qui mérite d'être rapporté ; les ennemis, aussi soigneux que nous d'éviter une action qui eût pu produire entre les deux nations une guerre ouverte, se contentèrent de nous fatiguer par des marches fréquentes : nous nous bornâmes à les suivre & à les observer ; ils nous rencontroient par-tout où le pays ouvert leur eût offert un accès facile. Aux approches de la mauvaise saison, ils parurent se retirer chez eux pour y prendre leurs quartiers d'hiver, & notre petite armée, presque toute composée de gentilshommes, se sépara.

e revenois à Varsovie, plein d'impa-
ence & de joie, je croyois que l'hi-
nen & l'amour alloient me donner
odoiska..... hélas! je n'avois plus
le père! J'appris en entrant dans la
Capitale, que la veille même, Lovzinski
étoit mort d'une apoplexie. Ainsi, je
n'eus pas même la douloureuse conso-
ation de recevoir les derniers soupirs
du plus tendre des pères; je ne pus
que me traîner sur sa tombe que j'ar-
rosai de mes pleurs.

Ce n'est point, me dit Pulauski, peu touché de ma douleur profonde; ce n'est point par des larmes stériles, qu'on honore la mémoire d'un père tel que le tien. La Pologne regrette en lui un héros citoyen qui l'auroit utilement servie dans la circonstance critique à laquelle nous touchons. Epuisé par une maladie longue, notre Monarque n'a pas quinze jours à vivre,

& du choix de ſon ſucceſſeur, dépendent le bonheur ou le malheur de nos concitoyens. De tous les droits que la mort de ton père te tranſmet, le plus beau ſans doute eſt celui d'aſſiſter aux Etats, où tu vas le repréſenter ; c'eſt là qu'il doit revivre en toi ; c'eſt là qu'il faut prouver un courage plus difficile que celui qui ne conſiſte qu'à braver la mort dans les combats. La vaillance d'un ſoldat n'eſt qu'une vertu commune ; mais ceux-là ne ſont pas des hommes ordinaires, qui, conſervant dans les occaſions preſſantes un courage tranquille, & déployant une activité pénétrante, découvrent les projets du Puiſſant qui cabale, déconcertent les ſourdes intrigues, affrontent les factions hardies ; qui toujours fermes, incorruptibles & juſtes, ne donnent leur ſuffrage qu'à celui qu'ils en ont jugé le plus digne, ne conſidèrent que le bien de leur pays ; que l'or & les promesses ne peuvent séduire, que les prières ne sauroient fléchir, que les menaces n'étonnent pas. Voilà les vertus qui distinguoient ton père, voilà l'héritage vraiment précieux que tu dois t'empresser à recueillir. Le jour où nos Etats s'assemblent pour l'élection d'un Roi, est l'époque certaine à laquelle se manifestent les prétentions de plusieurs concitoyens, plus occupés de leur intérêt personnel, que jaloux de la prospérité de leur patrie, & les desseins pernicieux des puissances voisines, dont la cruelle politique détruit nos forces en les divisant. Mon ami, je me trompe, où le moment fatal approche, qui va fixer à jamais les destins de mon pays menacé; ses ennemis conspirent sa ruine, ils ont préparé dans le silence une révolution qu'ils ne consommeront pas, tant que mon bras pourra soutenir une épée. Veuille le Dieu protecteur de mon pays, lui épargner les horreurs d'une guerre civile! Mais cette extrémité, quelque affreuſe qu'elle ſoit, deviendra peut-être néceſſaire; je me flatte qu'au moins ce ne ſera qu'une criſe violente, après laquelle cet Etat régénéré reprendra ſon antique ſplendeur. Tu ſeconderas mes efforts, Lovzinski, les foibles intérêts de l'amour doivent tous diſparoître devant des intérêts plus ſacrés: je ne puis te donner ma fille dans ces momens de deuil, où la patrie eſt en danger; mais je te promets que les premiers jours de la paix ſeront marqués par ton hymen avec Lodoïska.

Pulauski ne parla pas en vain, je ſentis quels devoirs plus eſſentiels j'avois déſormais à remplir; mais les ſoins importans dont je m'occupois, n'offrirent à ma douleur que d'inſuffiſantes diſtractions. Je l'avouerai ſans rougir: la triſteſſe de mes ſœurs, leur amitié compatiſſante, naiſſante, les careſſes plus réſervées, mais non moins douces de mon amante, firent ſur mon cœur, ému, plus d'impreſſion que les conſeils patriotiques de Pulauski. Je vis Lodoiska vivement touchée de ma perte irréparable, auſſi affligée que moi des évenemens cruels qui différoient notre union ; & mes chagrins ainſi partagés, ſe trouvèrent ſenſiblement adoucis.

Cependant le Roi mourut, & la diète fut convoquée. Le jour même qu'elle devoit s'ouvrir, à l'inſtant où j'allois m'y rendre, un inconnu ſe préſente dans mon Palais, & demande à me parler ſans témoins. Dès que mes gens ſe ſont retirés, il entre avec précipitation, ſe jette dans mes bras, & m'embraſſe tendrement. C'étois M. de *** ; dix années écoulées depuis notre ſéparation ne l'avoient pas tellement changé, que je ne puſſe le reconnoître ;

je lui témoignai la ſurpriſe & la joie que me cauſoit ſon retour inattendu. Vous ſerez bien plus étonné, me dit-il, quand vous en ſaurez la cauſe. J'arrive à l'inſtant & vais me rendre à l'aſſemblée des Etats; eſt-ce trop préſumer de votre amitié, que de compter ſur votre voix? — Sur ma voix! & pour qui? — Pour moi, mon ami. Il vit mon étonnement: Oui, pour moi, continua-t-il avec vivacité; il n'eſt pas tems de vous raconter quelle heureuſe révolution s'eſt faite dans ma fortune & me permet de nourrir de ſi hautes eſpérances; qu'il vous ſuffiſe maintenant de ſavoir, que du moins mon ambition eſt juſtifiée par le plus grand nombre des ſuffrages, & qu'envain deux foibles rivaux ſe préparent à me diſputer la Couronne à laquelle je prétends. Lovzinski, pourſuivit-il, en m'embraſſant encore, ſi vous n'étiez pas mon ami, si je vous estimois moins, peut-être m'efforcerois-je de vous éblouir par de grandes promesses, peut-être vous montrerois-je quelle faveur vous attend, que d'honorables distinctions vous sont réservées, quelle noble & vaste carrière va désormais vous être ouverte; mais je n'ai pas besoin de vous séduire, & je vais vous persuader. Je le vois avec douleur, & vous le savez comme moi; depuis plusieurs années notre Pologne affoiblie ne doit son salut qu'à la mésintelligence des trois puissances qui l'environnent, & le desir de s'enrichir de nos dépouilles, peut réunir en un moment nos ennemis divisés. Empêchons, s'il se peut, ce triumvirat funeste, dont le démembrement de nos provinces, deviendroit l'infaillible suite. Sans doute, en des tems plus heureux, nos ancêtres ont dû maintenir la liberté des Elections;

il faut aujourd'hui céder à la néceſſité qui nous preſſe. La Ruſſie protégera néceſſairement un Roi qui ſera ſon ouvrage : en recevant celui qu'elle a choiſi, vous prévenez la triple alliance qui rendroit notre perte inévitable, & vous vous aſſurez un allié puiſſant que nous oppoſerons, avec ſuccès, aux deux ennemis qui nous reſtent. Voilà les raiſons qui m'ont déterminé ; je n'abandonne une partie de nos droits que pour conſerver nos droits les plus précieux ; je ne veux monter ſur un trône chancelant, que pour l'affermir par une ſaine politique ; je n'altère enfin la conſtitution de cet Etat que pour ſauver l'Etat entier.

Nous nous rendîmes à la Diete, j'y votai pour M. de P***, il obtint en effet le plus grand nombre des ſuffrages ; mais Pulauski, Zaremba & quelques autres ſe déclarèrent pour le prince C** ;

on ne put rien décider, dans le tumulte de cette premiere assemblée.

Quand nous en sortîmes, M. de P*** revint à moi, il m'invita à le suivre dans le palais que des Emissaires secrets lui avoient déjà préparé dans la Capitale (1). Nous nous enfermâmes pendant plusieurs heures : alors se renouvellèrent entre nous les protestations d'une amitié toujours durable ; alors j'instruisis M. de P*** de mes liaisons intimes avec Pulauski, & de mon amour pour Lodoiska. Il répondit à ma confiance par une confiance plus grande, il m'apprit quels événemens avoient préparé sa grandeur prochaine, il m'expliqua ses desseins secrets, & je le quittai,

(1) La Diete pour l'élection des rois de Pologne, se tient à une demi-lieue de Varsovie, en pleine campagne, de l'autre côté de la Vistule, près du village de Vola.

convaincu qu'il étoit moins occupé du desir de s'élever, que de celui de rendre à la Pologne son antique prospérité.

Ainsi disposé, je volai chez mon futur beau-père, que je brûlois de ramener au parti de mon ami. Pulauski se promenoit à grands pas dans l'appartement de sa fille, qui paroissoit aussi agitée que lui. Le voilà, dit-il à Lodoiska, dès qu'il me vit paroître; le voilà cet homme que j'estimois & que vous aimiez! il nous sacrifie tous deux à son aveugle amitié. Je voulus répondre, il poursuivit: Vous avez été lié dès l'enfance avec M. de P***, une faction puissante le porte sur le trône, vous le saviez, vous saviez ses desseins; ce matin à la Diete, vous avez voté pour lui, vous m'avez trompé; mais croyez-vous qu'on me trompe impunément? Je le priai de m'entendre; il se contraignit pour garder un silence farouche ; je lui appris comment Monsieur de P*** que j'avois négligé depuis long-tems, m'avoit surpris par son retour imprévu. Lodoiska paroissoit charmée d'entendre ma justification. On ne m'abuse pas comme une femme crédule, me dit Pulauski, mais n'importe, continuez. Je lui rendis compte du court entretien que j'avois eu avec M. de P*** avant de me rendre à l'assemblée des Etats. Et voilà vos projets ! s'écria-t-il, M. de P*** ne voit d'autre remede aux maux de ses concitoyens, que leur esclavage ! il le propose, un Lovzinski l'approuve ! & l'on me méprise assez pour tenter de me faire entrer dans cet infâme complot ! moi ! je verrois sous le nom d'un Polonois, les Russes commander dans nos provinces ! les Russes, répéta-t-il avec fureur, ils régneroient dans mon pays ! (il vint à moi avec la plus grande impétuosité.)

Perfide ! tu m'as trompé, & tu trahis ta Patrie ! sors de ce palais à l'instant, ou crains que je ne t'en fasse arracher.

Je vous l'avoue, Faublas, un affront si cruel & si peu mérité me mit hors de moi-même : dans le premier transport de ma colère, je portai la main sur mon épée ; plus prompt que l'éclair, Pulauski tira la sienne. Sa fille, sa fille éperdue, se précipita sur moi : Lovzinski, qu'allez-vous faire ? Aux accens de sa voix si chère, je repris ma raison égarée ; mais je sentis qu'un seul instant venoit de m'enlever Lodoiska pour toujours. Elle m'avoit quitté pour se jetter dans les bras de son père ; le cruel vit ma douleur amère & se plut à l'augmenter : va ! traître, me dit-il, va ! tu la vois pour la dernière fois.

Je retournai chez moi désespéré ; les noms odieux que Pulauski m'avoit prodigués

digués, revenoient ſans ceſſe à ma penſée : les intérêts de la Pologne & ceux de M. de P*** me paroiſſoient ſi étroitement liés, que je ne concevois pas comment je pouvois trahir mes concitoyens en ſervant mon ami ; cependant il falloit l'abandonner ou renoncer à Lodoiska : que réſoudre ? quel parti prendre ? je paſſai la nuit toute entiere dans cette cruelle incertitude ; & quand le jour parut, j'allai chez Pulauski, ſans ſavoir encore à quoi je pourrois me déterminer.

Un domeſtique reſté ſeul dans le palais, me dit que ſon Maître étoit parti au commencement de la nuit avec Lodoiska, après avoir congédié tous ſes gens. Vous jugez de mon déſeſpoir à cette nouvelle. Je demandai à ce domeſtique où Pulauski étoit allé. Je l'ignore abſolument, me répondit-il ; tout ce que je puis vous dire, c'eſt qu'hier au ſoir, vous ſortiez à peine d'ici, quand nous entendîmes un grand bruit dans l'appartement de ſa fille. Encore effrayé de la ſcène terrible qui venoit de ſe paſſer entre vous, j'oſai m'approcher & prêter l'oreille. Lodoiska pleuroit, ſon pere furieux l'accabloit d'injures, lui donnoit ſa malédiction, & je l'entendis qui lui diſoit : qui peut aimer un traître, peut l'être auſſi; ingratte, je vais vous conduire dans une maiſon sûre, où vous ſerez déſormais à l'abri de la ſéduction.

Pouvois-je encore douter de mon malheur ? J'appellai Boleſlas, un de mes ſerviteurs les plus fidèles : je lui ordonnai de placer autour du Palais de Pulauski, des eſpions vigilans, qui puſſent me rendre compte de tout ce qui s'y ſeroit paſſé; de faire ſuivre Pulauski par-tout, s'il rentroit avant moi dans la Capitale; & ne déſeſpérant pas de le rencontrer encore dans ſes terres les plus prochaines, je me mis moi-même à ſa pourſuite.

Je parcourus tous les domaines de Pulauski, je demandai Lodoiska à tous les Voyageurs que je rencontrai ; ce fut inutilement. Après avoir perdu huit jours dans cette recherche pénible, je me décidai à retourner à Varſovie. Je ne fus pas médiocrement étonné de voir une armée Ruſſe campée preſque ſous ſes murs, ſur les bords de la *Viſtule*.

Il étoit nuit quand je rentrai dans la Capitale ; les palais des Grands étoient illuminés, un peuple immenſe rempliſſoit les rues, j'entendis les chants d'allégreſſe, je vis le vin couler à grands flots dans les places publiques ; tout m'annonça que la Pologne avoit un Roi.

Boleſlas m'attendoit avec impatience. Pulauski, me dit-il, eſt revenu ſeul dès le ſecond jour ; il n'eſt ſorti de chez lui que pour ſe rendre à la Diete, où, malgré ſes efforts, l'aſcendant de la Ruſſie s'eſt manifeſté chaque jour de plus en plus. Dans la derniere aſſemblée tenue ce matin, M. de P*** réuniſſoit preſque toutes les voix, il alloit être élu ; Pulauski a prononcé le fatal *Véto :* à l'inſtant vingt ſabres ont été tirés. Le fier Palatin de ***, que Pulauski avoit peu ménagé dans l'aſſemblée précédente, s'eſt élancé le premier, & lui a porté ſur la tête, un coup terrible, Zaremba & quelques autres ont volé à la défenſe de leur ami ; mais tous leurs efforts n'auroient pu le ſauver, ſi M. de P*** lui-même ne s'étoit rangé parmi eux, en criant qu'il immoleroit de ſa main, celui qui oſeroit approcher. Les aſſaillans ſe ſont retirés ; cependant Pulauski perdoit ſon ſang & ſes forces, il s'eſt évanoui, on l'a emporté. Zaremba est sorti en jurant de le venger; restés maîtres des délibérations, les nombreux partisans de M. de P*** l'ont sur-le-champ proclamé Roi. Pulauski rapporté dans son palais, a bientôt repris connoissance. Les chirurgiens appellés pour voir sa blessure, ont déclaré qu'elle n'étoit pas mortelle; alors, quoiqu'il ressentît de grandes douleurs, quoique plusieurs de ses amis s'oppossassent à son dessein, il s'est fait porter dans sa voiture. Il étoit à peine midi quand il est sorti de Varsovie, accompagné de Mazeppa & de quelques mécontens. On le suit, & sans doute on viendra sous peu de jours vous apprendre le lieu, qu'il aura choisi pour sa retraite.

On ne pouvoit guères m'annoncer de plus mauvaises nouvelles. Mon ami étoit sur le Trône; mais ma réconciliation avec Pulauski paroissoit désormais impossible, & vraisemblablement j'avois perdu Lodoiska pour toujours. Je connoissois assez son pere pour craindre qu'il ne prît des résolutions extrêmes; le présent m'effrayoit, je n'osai porter mes regards sur l'avenir, & mes chagrins m'accablèrent au point, que je n'allai pas même féliciter le nouveau Roi.

Celui de mes gens que Boleslas avoit détaché à la poursuite de Pulauski, revint le quatrième jour; il l'avoit suivi jusqu'à 15 lieues de la Capitale : là, Zaremba voyant toujours un inconnu à quelque distance de sa chaise de poste, avoit conçu des soupçons. Un peu plus loin, quatre de ses gens, cachés derrière une masure, avoient surpris mon courrier, & l'avoient conduit à Pulauski. Celui-ci, le pistolet à la main, l'avoit forcé d'avouer à qui il appartenoit : je te renverrai à Lovzinki, lui avoit-il dit, annonce-lui de ma part qu'il n'échappera pas à ma juſte vengeance : à ces mots on avoit bandé les yeux à mon Courier, il ne pouvoit dire où on l'avoit conduit & renfermé ; mais au bout de trois jours, on l'étoit venu chercher : on avoit encore pris la précaution de lui bander les yeux & de le promener pendant pluſieurs heures ; enfin la voiture s'étoit arrêtée, on l'en avoit fait deſcendre. A peine il mettoit pied à terre, que ſes gardes s'étoient éloignés au grand galop ; il avoit détaché ſon bandeau, & s'étoit retrouvé préciſément à l'endroit, où d'abord on l'avoit arrêté.

Ces nouvelles me donnèrent beaucoup d'inquiétude ; les menaces de Pulauski m'effrayoient beaucoup moins pour moi que pour Lodoiska, qui reſtoit en ſon pouvoir : il pouvoit, dans ſa fureur, ſe porter contre elle aux dernières extrémités; je résolus de m'exposer à tout pour découvrir la retraite du père, & la prison de la fille. Le lendemain j'instruisis mes sœurs de mon dessein, & je quittai la Capitale : le seul Boleslas m'accompagnoit, je me donnai par-tout pour son frère. Nous parcourûmes toute la Pologne; je vis alors que l'évènement ne justifioit que trop les craintes de Pulauski. Sous prétexte de faire prêter le serment de fidélité pour le nouveau Roi, les Russes répandus dans nos provinces, commettoient mille exactions dans les villes & désoloient les campagnes. Après avoir perdu trois mois en recherches vaines, désespéré de ne pouvoir retrouver Lodoiska, vivement touché des malheurs de ma Patrie, pleurant à la fois sur elle & sur moi, j'allois retourner à Varsovie, pour apprendre moi-même au nouveau Roi, à quels excès des étrangers ſe portoient dans ſes Etats, lorſqu'une rencontre qui ſembloit devoir être pour moi très-fâcheuſe, me força de prendre un parti tout différent.

Les Turcs venoient de déclarer la guerre à la Ruſſie, & les Tartares du Budziac & de la Crimée, faiſoient de fréquentes incurſions dans la Volhynie où je me trouvois alors. Quatre de ces brigands nous attaquèrent à la ſortie d'un bois, près d'Oſtropol. J'avois très-imprudemment negligé de charger mes piſtolets; mais je me ſervis de mon ſabre avec tant d'adreſſe & de bonheur, que bientôt deux d'entre eux tombèrent griévement bleſſés. Boleſlas occupoit le troiſième, le quatrième me combattoit avec vigueur, il me fit à la cuiſſe une légère bleſſure, & reçut en même tems un coup terrible qui le renverſa de ſon cheval. Boleſlas ſe vit à l'inſtant débarraſſé de ſon ennemi qui, au bruit de la chûte de ſon camarade, prit la fuite. Celui que j'avois renverſé le dernier, me dit en mauvais Polonois : un auſſi brave homme que toi, doit être généreux, je te demande la vie ; ami, au lieu de m'achever, ſecours-moi, crois-moi, viens m'aider à me relever, bande ma plaie. Il demandoit quartier d'un ton ſi noble & ſi nouveau, que je ne balançai pas. Je deſcendis de cheval ; Boleſlas & moi nous le relevâmes, nous bandâmes ſa plaie. Tu fais bien, brave homme, me diſoit le Tartare, tu fais bien. Comme il parloit, nous vîmes s'élever autour de nous un nuage de pouſſière ; plus de trois cens Tartares accouroient à nous ventre à terre. Ne crains rien, me dit celui que j'avois épargné, je ſuis le chef de cette troupe. Effectivement, d'un ſigne il arrêta ſes ſoldats prêts à me maſſacrer, il leur dit dans leur langue quelques mots que je ne compris pas ; ils ouvrirent leurs rangs pour laisser passer Boleslas & moi. Brave homme, me dit encore leur Capitaine, n'avois-je pas raison de te dire que tu faisois bien ? tu m'as laissé la vie, je sauve la tienne, il est quelquefois bon d'épargner un ennemi, & même un voleur. Ecoute, mon ami, en t'attaquant j'ai fait mon métier, tu as fait ton devoir en m'étrillant bien, je te pardonne, tu me pardonnes, embrassons-nous. Il ajoûta : le jour commence à baisser, je ne te conseille pas de voyager dans ces cantons cette nuit ; ces gens-là vont aller chacun à son poste, & je ne pourrois te répondre d'eux. Tu vois ce château sur la hauteur à droite, il appartient à un certain Comte Dourlinski, à qui nous en voulons beaucoup, parcequ'il est fort riche : va lui demander un asyle, dis-lui que tu as blessé Titsikan, que Titsikan te poursuit, il me connoît de nom, je lui ai déjà fait passer quelques mauvaises journées; au reste, compte que pendant que tu seras chez lui, sa maison sera respectée; garde-toi sur-tout d'en sortir avant trois jours, & d'y rester plus de huit: adieu.

Ce fut avec un vrai plaisir que nous prîmes congé de Titsikan & de sa compagnie. Les avis du Tartare étoient des ordres; je dis à Boleslas: gagnons promptement ce château qu'il nous a montré, aussi-bien je connois ce Dourlinski de nom. Pulauski m'a quelquefois parlé de lui, il n'ignore peut-être pas où Pulauski s'est retiré; il n'est pas impossible qu'avec un peu d'adresse, nous le sachions de lui. Je dirai à tout hasard que c'est Pulauski qui nous envoie; cette recommandation vaudra bien celle de Titsikan: toi, Boleslas, n'oublie pas que je ſuis ton frère, & ne me découvre pas.

Nous arrivâmes aux foſſés du château ; les gens de Dourlinski nous demandèrent qui nous étions ; je répondis que nous venions pour parler à leur Maître, de la part de Pulauski ; que des brigands nous avoient attaqués & nous pourſuivoient. Le pont-levis fut baiſſé, nous entrâmes ; on nous dit que pour le moment nous ne pouvions parler à Dourlinski, mais que le lendemain ſur les dix heures, il pourroit nous donner audience. On nous demanda nos armes que nous rendîmes ſans difficulté. Boleſlas viſita ma bleſſure, les chairs étoient à peine entamées. On ne tarda pas à nous ſervir dans la cuiſine un frugal repas ; nous fûmes conduits enſuite dans une chambre baſſe, où deux mauvais lits venoient d'être préparés : on nous y laiſſa ſans lumière & l'on nous y enferma.

Je ne pus fermer l'œil de la nuit, Titſikan ne m'avoit fait qu'une légère bleſſure, mais celle de mon cœur étoit ſi profonde ! au point du jour je m'impatientai dans ma priſon ; je voulus ouvrir les volets, ils étoient fermés à clef. Je les ſecoue vigoureuſement, les ferrures ſautent, je vois un fort beau parc ; la fenêtre étoit baſſe, je m'élance, & me voilà dans les jardins de Dourlinski. Après m'y être promené quelques minutes, j'allai m'aſſeoir ſur un banc de pierre placé au pied d'une tour, dont je conſidérai quelque tems l'architecture antique. Je reſtois là plongé dans mes réflexions, lorſqu'une tuile tomba à mes pieds : je crus qu'elle s'étoit détachée de la couverture de ce vieux bâtiment, & pour éviter un accident pareil, j'allai me placer à l'autre bout du banc. Quelques inſtans après, une ſeconde tuile tomba à côté de moi, le haſard me parut ſurprenant; je me levai avec inquiétude, j'examinai la tour attentivement. J'apperçus à vingt-cinq ou trente pieds de hauteur, une étroite ouverture; je ramaſſai les tuiles qu'on m'avoit jettées; ſur la première je déchiffrai ces mots tracés avec du plâtre : Lovzinski, c'eſt donc vous! vous vivez! & ſur la ſeconde, ceux-ci : Délivrez-moi, ſauvez Lodoiska.

Vous ne pouvez, mon cher Faublas, vous figurer combien de ſentimens divers m'agitèrent à la fois; mon étonnement, ma joie, ma douleur, mon embarras, ne ſauroient s'exprimer. J'examinois la priſon de Lodoiska, je cherchois comment je pourrois l'en tirer; elle m'envoya encore une tuile, je lus : à minuit apportez du papier, de l'encre & des plumes; demain une heure après le ſoleil levé, venez chercher une lettre ; éloignez-vous.

Je retournai à ma chambre ; j'appellai Boleſlas, qui m'aida à rentrer par la fenêtre ; nous raccommodâmes le volet de notre mieux. J'appris à mon ſerviteur fidele la rencontre ineſpérée qui mettoit fin à mes courſes & redoubloit mes inquiétudes. Comment pénétrer dans cette tour ? Comment nous procurer des armes ? Le moyen de tirer Lodoiska de ſa priſon ? Le moyen de l'enlever ſous les yeux de Dourlinski, au milieu de ſes gens, dans un château fortifié ? Et en ſuppoſant que tant d'obſtacles ne fuſſent pas inſurmontables, pouvois-je tenter une entrepriſe auſſi difficile, dans le court délai que Titſikan m'avoit laiſſé ? Titſikan ne m'avoit-il pas recommandé de reſter chez Dourlinski trois jours, & de n'y pas demeurer plus de huit ? Sortir de ce château

château avant le troisième jour ou après le huitième, n'étoit-ce pas nous exposer aux attaques des Tartares? Tirer ma chère Lodoiska de sa prison pour la livrer à des brigands? être à jamais séparé d'elle par l'esclavage ou par la mort? cela étoit horrible à penser!

Mais pourquoi étoit-elle dans une aussi affreuse prison? La lettre qu'elle m'avoit promise, m'en instruiroit sans doute, il falloit nous procurer du papier; je chargai Boleslas de ce soin, & moi je me préparai à soutenir devant Dourlinski, le rôle délicat d'un Emissaire de Pulauski.

Il étoit grand jour quand on vint nous mettre en liberté; on nous dit que Dourlinski pouvoit & vouloit nous voir. Nous nous présentâmes avec assurance; nous vîmes un homme de soixante ans à-peu-près, dont l'abord étoit brusque, & les manières repoussantes. Il nous demanda qui nous étions. Mon frère & moi, lui dis-je, appartenons au Seigneur Pulauski; mon Maître m'a chargé pour vous d'une commiſſion ſecrette, mon frère m'a accompagné pour un autre objet; je dois pour m'expliquer, être ſeul, je dois ne parler qu'à vous ſeul. Hé bien, répondit Dourlinski, que ton frère s'en aille, & vous auſſi, allez vous en, dit-il à ſes gens; quant à celui-ci, (il montra celui qui étoit ſon confident) tu trouveras bon qu'il reſte, tu peux tout dire devant lui, Pulauski m'envoie.... —Je le vois bien; qu'il t'envoie! —Pour vous demander.... —Quoi? [je pris courage] pour vous demander des nouvelles de ſa fille. —Des nouvelles de ſa fille! Pulauski t'a dit... —Oui, mon Maître m'a dit que Lodoiska étoit ici. Je m'apperçus que Dourlinski pâliſſoit; il regarda ſon confident & me fixa long-tems en ſilence.

Tu m'étonnes, reprit-il enfin; pour te confier un ſecret de cette importance, il faut que ton Maître ſoit bien imprudent. — Pas plus que vous, Seigneur; n'avez-vous pas auſſi un confident! les grands ſeroient bien à plaindre, s'ils ne pouvoient donner leur confiance à perſonne. Pulauski m'a chargé de vous dire, que Lovzinski avoit déjà parcouru une grande partie de la Pologne, & que ſans doute il viſiteroit vos cantons. S'il oſe venir ici, me répondit-il auſſi-tôt, avec la plus grande vivacité, je lui garde un logement qu'il occupera long-tems; le connois-tu ce Lovzinski? — Je l'ai vu ſouvent chez mon Maître, à Varſovie. — On le dit bel homme? — Il eſt bien fait, & de ma taille à-peu-près. — Sa figure? — Eſt prévenante; c'eſt un.... C'eſt un inſolent, interrompit-il avec colère, ſi jamais il tombe en mes mains! — Seigneur, on assure qu'il est brave. —Lui! je parie qu'il ne sait que séduire des filles! si jamais il tombe en mes mains! [je me contins; il ajoûta d'un ton plus calme,] Il y a bien long-tems que Pulauski ne m'a écrit, où est-il à présent? — Seigneur, j'ai des ordres précis de ne pas répondre à cette question là : tout ce que je puis vous dire, c'est qu'il a pour cacher sa retraite, & pour n'écrire à personne, de grandes raisons qu'il viendra bientôt vous expliquer lui-même.

Doulinski parut très-étonné; je crus même remarquer quelques signes de frayeur; il regarda son confident, qui sembloit aussi embarrassé que lui. —Tu dis que Pulauski viendra bientôt.... —Oui, Seigneur, sous quinzaine au plus tard. Il regarda encore son confident, & puis affectant tout-à-coup autant de sang-froid qu'il avoit montré d'embarras : retourne à ton Maître, je ſuis fâché de n'avoir que de mauvaiſes nouvelles à lui donner ; tu lui diras que Lodoiska n'eſt plus ici. Je fus à mon tour fort ſurpris. Quoi! Seigneur, Lodoiska... — N'eſt plus ici, te dis-je. Pour obliger Pulauski que j'eſtime, je me ſuis chargé, quoique avec répugnance, du ſoin de garder ſa fille dans mon château : perſonne que moi & lui, (il me montra ſon confident) ne ſavoit qu'elle y fût. Il y a environ un mois, nous allâmes comme à l'ordinaire, lui porter des vivres pour ſa journée, il n'y avoit plus perſonne dans ſon appartement. J'ignore comment elle a fait ; mais ce que je ſais bien, c'eſt qu'elle s'eſt échappée, je n'ai pas entendu parler d'elle depuis : elle ſera ſans doute allée joindre Lovzinski à Varſovie, ſi pourtant les Tartares ne l'ont pas enlevée ſur la route.

Mon étonnement devint extrême; comment concilier ce que j'avois vu dans le jardin, avec ce que Dourlinski me disoit? Il y avoit là quelque mystère que j'étois bien impatient d'approfondir; cependant je me gardai bien de faire paroître le moindre doute: Seigneur, voilà des nouvelles bien tristes pour mon maître. — Sans doute, mais ce n'est pas ma faute. — Seigneur, j'ai une grâce à vous demander. —Voyons. — Les Tartares dévastent les environs de votre château, ils nous ont attaqués, nous leur avons échappé comme par miracle, ne nous accorderez-vous pas, à mon frère & à moi, la permission de nous reposer ici seulement deux jours? — Seulement deux jours, j'y consens. Où les a-t-on logés? demanda-t-il à son confident. Au rez-de-chaussée, répondit celui-ci, dans une chambre basse.... Qui donne sur mes jardins! interrompit

Dourlinski avec inquiétude. Les volets ferment à clef, répondit l'autre.—N'importe, il faut les mettre ailleurs. Ces mots me firent trembler. Le confident répliqua : cela n'eſt pas poſſible ; mais... il lui dit le reſte à l'oreille. A la bonne heure, répondit le Maître, & qu'on le faſſe à l'inſtant ; & s'adreſſant à moi : ton frere & toi vous vous en irez après demain ; avant de partir, tu me parleras, je te donnerai une lettre pour Pulauski.

J'allai rejoindre Boleſlas dans la cuiſine, où il déjeûnoit : il me remit une petite bouteille pleine d'encre, pluſieurs plumes & quelques feuilles de papier qu'il s'étoit procurées ſans peine. Je brûlois d'envie d'écrire à Lodoiska ; l'embarras étoit de trouver un lieu commode, où les curieux ne puſſent m'inquiéter. On avoit déjà prévenu Boleſlas que nous ne rentrerions dans la chambre où nous avions paſſé la nuit, que pour y coucher. Je m'avisai d'un stratagême qui me réussit parfaitement. Les gens de Dourlinski buvoient avec mon prétendu frère, ils me proposèrent poliment de les aider aussi à vuider quelques flacons. J'avalai de bonne grâce & coup sur coup, plusieurs verres d'un fort mauvais vin : bientôt mes jambes chancelèrent, ma langue s'embarrassa; je fis à la troupe joyeuse, cent contes aussi plaisans que déraisonnables; en un mot, je jouai si bien l'ivresse, que Boleslas lui-même, en fut la dupe. Il trembloit que, dans ce moment où je paroissois disposé à tout dire, mon secret ne m'échappât. Messieurs, dit-il aux buveurs étonnés, mon frère n'a pas la tête forte aujourd'hui, c'est peut être un effet de sa blessure, ne le faisons plus ni parler ni boire, je crains que cela ne l'incommode, & même, si vous vouliez m'obliger, vous m'aideriez à le le porter sur son lit. Sur le sien ? non, cela ne se peut pas, répondit l'un d'eux ; mais je prêterai volontiers ma chambre. On me prit, on m'entraîna, on me monta dans un grenier, dont un lit, une table & une chaise formoient tout l'ameublement. On m'enferma dans ce taudis, c'étoit là tout ce que je voulois ; dès que je fus seul, j'écrivis à Lodoiska une lettre de plusieurs pages. Je commençois par me justifier pleinement des crimes que Pulauski m'avoit supposés ; je lui racontois ensuite tout ce qui m'étoit arrivé depuis le moment de notre séparation, jusqu'à celui où j'avois été reçu chez Dourlinski ; je lui détaillois l'entretien que je venois d'avoir avec celui-ci ; je finissois par l'assurer de l'amour le plus tendre & le plus respectueux ; je lui jurois que dès qu'elle m'auroit donné sur son sort les éclaircissemens nécessaires, je m'expoſerois à tout, pour finir ſon horrible eſclavage.

Dès que ma lettre fût fermée, je me livrai à des réflexions qui me jettèrent dans une étrange perplexité. Etoit-ce bien Lodoiska qui m'avoit jetté ces tuiles dans le jardin? Pulauski auroit-il eu l'injuſtice de punir ſa fille d'un amour que lui-même avoit approuvé? Auroit-il eu l'inhumanité de la plonger dans une affreuſe priſon? & quand même la haine qu'il m'avoit jurée, l'auroit aveuglé à ce point; comment Dourlinski avoit-il pu ſe réſoudre à ſervir ainſi ſa vengeance? Mais d'un autre côté, depuis trois mois, je ne portois, pour me déguiſer mieux, que des habits groſſiers; les fatigues d'un long voyage & mes chagrins m'avoient beaucoup changé; quelle autre qu'une amante, avait pu reconnoître Lovzinski dans les jardins de Dourlinski? N'aois-je pas vu d'ailleurs, le nom de odoiska tracé sur la tuile ? Dourlinski li-même n'avouoit-il pas que Lodoiska voit été chez lui prisonnière ? Il ajouuit, il est vrai, qu'elle s'étoit échappée; mais cela étoit-il croyable ? Et purquoi cette haine que Dourlinski l'avoit vouée à moi, sans me connoître? burqnoi cet air d'inquiétude, quand n lui avoit dit que les Emissaires de ilauski, occupoient une chambre qui onnoit sur le jardin ? Pourquoi surtut cet air d'effroi, quand je lui avois anoncé la prochaine arrivée de mon jétendu Maître ? Tout cela étoit len fait pour me donner de terribles iquiétudes; j'entrevoyois des choses freuses, que je ne pouvois expliquer. iepuis deux heures je me faisois sans esse de nouvelles questions, auxquelles étois fort embarrassé de répondre; orsqu'enfin Bolessas vint voir si son frère avoit recouvré la raison. Je n'eus pas de peine à le convaincre que mon ivresse avoit été feinte; nous descendîmes dans la cuisine, où nous passâmes le reste de la journée. Quelle soirée! mon cher Faublas, aucune de ma vie ne me parut si longue, pas même celles qui la suivirent.

Enfin l'on nous conduisit dans notre chambre, où l'on nous enferma comme la veille, sans nous laisser de lumière; il fallut encore attendre près de deux heures avant que minuit sonnât. Au premier coup de la cloche, nous ouvrîmes doucement les volets & la fenêtre; je me préparois à sauter dans le jardin; mon embarras fut égal à mon désespoir, quand je me vis retenu par des barreaux. Voilà, dis-je à Boleslas, ce que le maudit confident de Dourlinski lui disoit à l'oreille : voilà ce qu'approuvoit le Maître odieux, qui répondit : *à la bonne heure, & qu'on fasse à l'instant;* voilà ce qu'ils ont xécuté dans la journée ; c'est pour cela ue l'entrée de cette chambre nous a té interdite. Seigneur, ils ont travaillé n dehors, me répondit Boleslas, car ls n'ont pas apperçu que ce volet avoit té forcé. Hé! qu'ils l'aient vu ou non, n'écriai-je avec violence, que m'im-porte ? cette grille fatale renverse toutes nes espérances, elle assure l'esclavage le Lodoiska, elle assure ma mort.

Oui, sans doute, elle assure ta mort, me cria-t-on, en ouvrant ma porte. Dourlinski précédé de quelques hommes armés, & suivi de quelques autres qui portoient des flambeaux, Dourlinski entra le sabre à la main. Traître! me dit-il, en me lançant des regards où sa fureur étoit peinte, j'ai tout entendu, je saurai qui tu es, tu me diras ton nom, ton prétendu frère le dira, tremble ! je suis de tous les ennemis de Lovzinski le plus implacable ! qu'on les fouille ! dit-il à ses gens : ils se précipitèrent sur moi, j'étois sans armes, je fis une résistance inutile. Ils m'enlevèrent mes papiers & la lettre que j'avois préparée pour Lodoiska. Dourlinski donna, en la lisant, mille signes d'impatience, il y étoit peu ménagé. Lovzinski, me dit-il avec une rage étouffée, je mérite déjà toute ta haine ; bientôt je la mériterai davantage ; en attendant, tu resteras avec ton digne confident dans cette chambre que tu aimes. A ces mots il sortit, on ferma la porte à double tour ; il posa une sentinelle en dehors, & une autre vis-à-vis les fenêtres dans le jardin.

Vous vous figurez dans quel accablement nous restâmes plongés, Boleslas & moi. Mes malheurs étoient à leur comble ; ceux de Lodoiska m'affectoient bien plus vivement : l'infortunée ! quelle devoit être son inquiétude ! elle attendoit Lovzinski, & Lovzinski l'abandonnoit ! mais non, Lodoiska me connoissoit trop bien, elle ne me soupçonneroit pas d'une aussi lâche perfidie. Lodoiska ! elle jugeroit son amant d'après elle ! elle sentiroit que Lovzinski partageoit son sort, puisqu'il ne la secouroit pas. . . hélas ! & la certitude de mon malheur augmenteroit encore le sien !

Telles furent dans le premier moment mes réflexions cruelles ; on me laissa tout le tems d'en faire beaucoup d'autres non moins tristes. Le lendemain on nous passa par les barreaux de notre fenêtre, les provisions pour notre journée. A la qualité des alimens qu'on nous fournissoit, Boleslas jugea qu'on ne chercheroit pas à nous rendre notre prison fort agréable. Boleslas moins malheureux que moi, ſupportoit ſon ſort plus courageuſement; il m'offrit ma part du maigre repas qu'il alloit faire. Je ne voulois point manger; il me preſſoit vainement; l'exiſtence étoit devenue pour moi un inſupportable fardeau. Ah! vivez me dit-il enfin, en verſant un torrent de larmes, vivez! ſi ce n'eſt pas pour Boleſlas, que ce ſoit pour Lodoiska. Ces mots firent ſur moi la plus vive impreſſion, ils ranimèrent mon courage, l'eſpérance rentra dans mon cœur, j'embraſſai mon ſerviteur fidèle. O! mon ami, m'écriai-je avec tranſport, ô! mon véritable ami! je t'ai perdu, & mes maux me touchent plus que les tiens! donne, Boleſlas, donne, je vivrai pour Lodoiska, je vivrai pour toi: veuille le juſte ciel me rendre bientôt ma fortune & mon rang, tu verras que ton Maître n'eſt pas un ingrat. Nous nous embraſſâmes encore. Ah ! mon cher Faublas, ſi vous ſaviez comme le malheur rapproche les hommes ! comme il eſt doux, lorſqu'on ſouffre, d'entendre un autre infortuné, vous adreſſer un mot de conſolation !

Il y avoit douze jours que nous gémiſſions dans cette priſon, lorſqu'on vint m'en tirer pour me conduire à Dourlinski. Boleſlas voulut me ſuivre, on le repouſſa durement ; cependant on me permit de lui parler un moment. Je tirai de mon doigt une bague que je portois depuis plus de dix ans ; je dis à Boleſlas : cette bague me fut donnée par M. de P***, lorſque nous faiſions enſemble nos exercices à Varſovie ; prends-la, mon ami, conſerve la à cauſe de moi. Si Dourlinski conſomme aujourd'hui ſa trahiſon en me faiſant aſſaſſiner, s'il te permet enſuite de ſortir de ce château, va trouver ton Roi, montre-lui ce bijou, rappelle lui notre ancienne amitié, raconte-lui mes malheurs ; Boleslas, il te recompensera, il fera secourir Lodoiska. Adieu, mon ami.

On me conduisit à l'appartement de Dourlinski ; dès que la porte s'entrouvrit, j'apperçus dans un fauteuil une femme évanouie : j'approchai, c'étoit Lodoiska. Dieu ! que je la trouvai changée !... mais qu'elle étoit belle encore ! Barbare ! dis-je à Dourlinski. A la voix de son amant, Lodoiska reprit ses sens. Ah, mon cher Lovzinski, sais-tu ce que l'infâme me propose ? sais-tu à quel prix il m'offre ta liberté ? Oui, s'écria Dourlinski furieux, oui, je le veux : te voilà bien sûre qu'il est en mon pouvoir ; si dans trois jours je n'obtiens rien, dans trois jours il est mort. Je voulois me jetter aux genoux de Lodoiska, mes gardes m'en empêchèrent : je vous revois enfin, tous mes maux ſont oubliés, Lodoïska, la mort n'a plus rien qui m'épouvante... Toi, lâche, ſonge que Pulauski vengera ſa fille, ſonge que le Roi vengera ſon ami. Qu'on l'emmêne! s'écria Dourlinski. Ah, me dit Lodoiska, mon amour t'a perdu! Je voulois répondre, on m'entraîna, on me reconduiſit dans ma priſon. Boleſlas me reçut avec des tranſports de joie inexprimables, il m'avoua qu'il m'avoit cru perdu : je lui racontai comment ma mort n'étoit que différée. La ſcène dont je venois d'être témoin, avoit enfin confirmé tous mes ſoupçons ; il étoit clair que Pulauski ignoroit les indignes traitemens que ſa fille eſſuyoit ; il étoit clair que Dourlinski, amoureux & jaloux, ſatisferoit ſa paſſion, à quelque prix que ce fût.

Cependant des trois jours que Dourlinski avoit laiſſés à Lodoiska pour ſe déterminer, deux déjà s'étoient écoulés, nous étions au milieu de la nuit qui précédoit le troisième, je ne pouvois dormir, & me promenois dans ma chambre à grands pas. Tout-à-coup j'entends crier, aux armes : des hurlemens affreux s'élevent de toutes parts autour du château, il se fait un grand mouvement dans l'intérieur ; la sentinelle posée devant nos fenêtres, quitte son poste : Boleslas & moi nous distinguons la voix de Dourlinski, il appelle, il encourage ses gens ; nous entendons distinctement le cliquetis des armes, les plaintes des blessés, les gémissemens des mourans. Le bruit d'abord très-grand semble diminuer, il recommence ensuite, il se prolonge, il redouble, on crie victoire ! beaucoup de gens accourent & ferment les portes sur eux avec force. Tout-à-coup à ce vacarme affreux, succède un silence effrayant : bientôt un bruissement sourd frappe nos oreilles, l'air ſiffle avec violence, la nuit devient moins ſombre, les arbres du jardin ſe colorent d'une teinte jaune & rougeâtre, nous volons à la fenêtre : les flammes dévoroient le château de Dourlinski, elles gagnoient de tous côtés la chambre où nous étions, & pour comble d'horreur, des cris perçans partoient de la tour où je ſavois que Lodoiska étoit enfermée.

Ici M. Duportail fut interrompu par le Marquis de B***, qui n'ayant trouvé aucun laquais dans l'anti-chambre, entra ſans avoir été annoncé : il recula deux pas en me voyant : ah ! ah ! dit-il en ſaluant M. Duportail, c'eſt que vous avez auſſi un fils? puis s'adreſſant à moi : Monſieur eſt apparemment le frère?... —De ma ſœur, oui, Monſieur.—Hé bien, vous avez une ſœur fort aimable, charmante, mais charmante ! Vous êtes aussi honnête qu'indulgent, interrompit M. Duportail.—Indulgent! oh, je ne le suis pas toujours; par exemple, je suis venu pour vous faire des reproches à vous, Monsieur.—A moi! aurois-je eu le malheur ?...—Oui, vous nous avez joué avant-hier un tour sanglant.—Comment? Monsieur. —Vous avez chargé ce petit Rosambert de nous enlever Mademoiselle Duportail; la Marquise comptoit bien que sa chère fille passeroit la nuit chez elle. Point du tout.—J'ai craint, Monsieur, que ma fille ne vous causât beaucoup d'embarras.—Aucun, aucun, Monsieur; Mademoiselle Duportail est charmante, ma femme raffole d'elle, je vous l'ai déja dit: en vérité, ajouta-t-il en ricanant, je crois que la Marquise aime cette enfant là, plus qu'elle ne m'aime moi-même. Je suis pourtant son mari!... au moins si vous étiez venu vous-même la chercher ! —Pardon, Monſieur, j'étois incommodé, je le ſuis même encore beaucoup. . . je ſais que je dois à Madame de B*** des remercîmens. . . —Ce n'eſt pas pour cela ! (pendant ce dialogue, on ſent que je n'étois pas tout-à-fait à mon aiſe ; le Marquis me conſidéroit avec une attention qui m'inquiétoit.) Savez-vous bien, me dit-il enfin, que vous reſſemblez beaucoup à mademoiſelle votre ſœur ? —Monſieur, vous me flattez. —Mais, c'eſt que cela eſt frappant : allez, allez, je m'y connois bien ; d'abord tous mes amis conviennent que je ſuis phyſionomiſte ; je vous le demande à vous même : je ne vous avois jamais vu, & je vous ai reconnu tout de ſuite !

M. Duportail ne put s'empêcher de rire avec moi, de la bonne foi du Marquis : Monſieur, dit-il à celui-ci, c'eſt que, comme vous l'avez fort bien remarqué, mon fils & ma fille se ressemblent un peu; il faut convenir qu'il y a un air de famille. Oui, répondit le Marquis en me regardant toujours, ce jeune homme est bien, fort bien; mais sa sœur est encore mieux, beaucoup mieux. (il me prit par le bras.) Elle est un peu plus grande, elle a l'air plus raisonnable, quoiqu'elle soit un peu espiegle; c'est bien là sa figure; mais il y a dans vos traits quelque chose de plus hardi. Vous avez moins de grâces dans le maintien, & dans toute l'habitude du corps quelque chose de plus nerveux, de plus roide. Oh! dame, n'allez pas vous fâcher, tout cela est bien naturel; il ne faut pas qu'un garçon soit fait comme une fille! (le flegme de M. Duportail, ne put tenir contre ses derniers propos; le Marquis nous vit rire, & se mit à rire de tout son cœur.) Oh! reprit-il, je vous l'ai dit, je ſuis grand phyſionomiſte ! moi ;... mais n'aurai-je pas le bonheur de voir la chere ſœur ? Monſieur Duportail ſe hâta de répondre : Non, Monſieur, elle eſt allée faire ſes adieux. — Ses adieux ! — Oui, Monſieur, elle part demain matin pour ſon couvent. — Pour ſon couvent ! à Paris ? — Non... à... Soiſſons. — A Soiſſons ! Demain matin ? Cette chere enfant nous quitte ? — Il le faut bien, Monſieur. — Elle fait actuellement ſes viſites ? — Oui, Monſieur. — Et ſans doute elle viendra dire adieu à ſa maman ? — Aſſurément, Monſieur, & elle doit même être actuellement chez vous. — Ah ! que je ſuis fâché ! ce matin, la Marquiſe étoit encore malade, elle a voulu ſortir ce ſoir ! je lui ai repréſenté qu'il faiſoit froid, qu'elle s'enrhumeroit ; mais les femmes veulent ce qu'elles veulent, elle eſt ſortie : hé bien, tant pis pour elle, elle ne verra pas sa chère fille, & moi je la verrai; car elle ne tardera surement pas à revenir : Elle a plusieurs visites à faire, dis-je au Marquis. Oui, ajouta M. Duportail, nous ne l'attendons que pour souper. — On soupe donc, ici ? vous avez raison, ils ont tous la manie de ne pas manger le soir ; moi, je n'aime pas à mourir de faim, parce que c'est la mode. Vous soupez, vous ! hé bien, je reste, je soupe avec vous ; vous allez dire que j'en use bien librement ; mais je suis ainsi fait, je veux qu'on agisse de même avec moi ; quand vous me connoîtrez mieux, vous verrez que je suis un bon diable.

Il n'y avoit pas moyen de reculer. M. Duportail prit son parti sur-le-champ; Je suis fort aise, M. le Marquis, que vous veuilliez bien être des nôtres. Vous permettrez seulement que mon fils nous quitte pour une heure ou deux, il a quelques affaires pressées. —Monsieur, qu'on ne se gêne pas pour moi, qu'il nous quitte, mais qu'il revienne, car il est fort aimable, Monsieur votre fils. —Vous permettrez aussi que je vous laisse un moment, pour lui dire deux mots ?—Faites, Monsieur, comme si je n'étois pas là. (je saluai le Marquis, il se leva précipitamment, me prit par la main, & dit à M. Duportail :) tenez, Monsieur, vous direz tout ce que vous voudrez, ce jeune homme là ressemble à sa sœur comme deux gouttes d'eau ! je me connois en figures, je soutiendrois cela devant l'abbé Pernetti (1). Oui, Monsieur, répondit M. Duportail, il y a un air de famille.

(1) M. l'Abbé Pernetti a fait sur la physionomie, un Ouvrage en deux volumes, intitulé : *Connoissance de l'homme moral, par l'homme physique.*

A ces mots, il passa avec moi dans un autre appartement. Parbleu! me dit-il, c'est un singulier homme, que votre Marquis! il ne se gêne pas avec ceux qu'il aime. —Mon très-cher père, il est bien vrai qne le Marquis est venu sans façon s'impatroniser chez nous; mais quant à moi, j'aurois tort de m'en plaindre, je me suis mis chez lui fort à mon aise.—Quant à vous, c'est bien dit; mais laissons la plaisanterie, & voyons comment nous allons sortir de là. Si je ne considérois que lui, cela seroit bientôt fini; mais, mon ami, vous avez des ménagemens à garder à cause de sa femme.....écoutez...retournez chez vous, faites prendre à votre laquais un habit quelconque, & qu'il vienne annoncer ici que Mademoiselle Duportail soupe chez Madame de *** : le premier nom qui vous viendra à l'esprit.—Hé bien, après? le Marquis ſoupera toujours avec vous, & il attendra tranquillement le retour de votre fille ; c'eſt ainſi qu'il eſt fait, il vous l'a dit lui-même.—Comment donc faire ?...—Comment ? mon très-cher père, je fais ſi bien la demoiſelle ! je vais m'habiller en femme, & votre fille viendra réellement ſouper avec vous. Ce ſera votre fils, au contraire, qui ſera retenu & qui ne viendra pas. Il eſt ſix heures, je ſerai de retour à dix ; j'ai le tems.—A la bonne heure ; convenez pourtant que Lovzinski joue là un ſingulier rôle... vous m'avez embarqué dans une aventure !... mais il n'y a plus à s'en dédire : allez vîte & revenez.

Je courus à l'hôtel ; Jaſmin me dit que mon père étoit ſorti, & qu'une fort jolie demoiſelle m'attendoit chez moi depuis plus d'une heure. Une jolie demoiſelle ! Jaſmin ! je m'élançai comme un trait dans mon appartement. Ah, ah, Juſtine, c'eſt toi! Jaſmin diſoit bien que c'étoit une jolie demoiſelle! & j'embraſſai Juſtine. Gardez cela pour ma Maîtreſſe, me dit-elle d'un petit air boudeur. —Pour ta Maîtreſſe, Juſtine? Tu la vaux bien! —Qui vous l'a dit? —Je le ſoupçonne, il ne tient qu'à toi que j'en ſois certain; & j'embraſſai Juſtine, & Juſtine me laiſſoit faire, en répétant: gardez cela pour ma maîtreſſe: mon dieu! que vous êtes bien avec vos habits! ajouta-t-elle, eſt-ce que vous les quitterez encore pour vous déguiſer en femme? —Ce ſoir pour la dernière fois, Juſtine; après cela je ſerai toujours homme..... à ton ſervice, belle enfant. —A mon ſervice? Oh que non; au ſervice de Madame. — Au ſien & au tien en même tems, Juſtine. —Oui dà! il vous en faut donc deux à la fois? — Je ſens, ma chère, que ce n'eſt pas trop; & j'embraſſai Juſtine, & mes mains ſe promenoient ſur une gorge fort blanche qu'on ne défendoit preſque pas. Mais voyez donc comme il eſt hardi! diſoit Juſtine; qu'eſt devenue la modeſtie de Mademoiſelle Duportail? — Ah, Juſtine, ah, tu ne ſais pas comme une nuit m'a changé! — Cette nuit-là avoit bien changé ma Maîtreſſe auſſi! le lendemain elle étoit pâle! fatiguée!... mon dieu! en la voyant, je n'ai pas eu de peine à deviner que Mademoiſelle Duportail étoit un bien brave jeune homme! — Quand je te dis, Juſtine, que je n'en aurois pas trop de deux.

Je voulus l'embraſſer; pour cette fois elle ſe défendit en reculant. Mon lit ſe trouva derriere elle, elle y tomba à la renverſe; & par un malheur auquel on s'attend peut-être, je perdis l'équilibre au même inſtant. . . . .

Quelques minutes après, Justine qui ne se pressoit pas de réparer son désordre, me demanda en riant ce que je pensois de la petite espiéglerie qu'elle avoit faite au Marquis. — Quoi donc, mon enfant ! — L'étiquette au milieu du dos ? que dites-vous du tour ? — Charmant ! délicieux ! presque aussi bon que celui que nous venons de faire à la Marquise. —Apropos d'elle, & ma commission donc ! ma Maîtresse vous attend... — Elle m'attend ? j'y cours ! — Là ! le voilà parti ! & où courez-vous ?—Je n'en sais rien.—Voyez donc comme il me plantoit-là ! — Justine, c'est que.... tu conçois... — Je conçois que vous êtes un franc libertin. — Tiens, Justine, faisons la paix ; un louis d'or & un baiser. — Je prends l'un très-volontiers.... & je vous donne l'autre de bon cœur. Le charmant jeune homme ! joli, vif & généreux ! Oh ! comme

comme vous avancerez dans le monde! ah! ça, partons, suivez-moi par derrière, à quelque distance & sans affectation. Vous me verrez entrer dans une boutique : à côté est une porte cochère, que vous trouverez entr'ouverte ; vous entrerez vîte ; un portier vous demandera qui vous êtes ; vous répondrez, *l'amour* ; vous grimperez au premier étage : sur une petite porte blanche, vous lirez ce mot, *Paphos* : vous ouvrirez avec la clef que voici, & vous ne resterez pas long-tems seul.

Avant de sortir, j'appellai Jasmin, pour lui ordonner de prendre un autre habit que celui de la maison, & d'aller de la part de M. de Saint-Luc, annoncer à M. Duportail, que son fils ne reviendroit pas souper.

Cependant Justine s'impatientoit, je la suivis; elle entra chez une marchande de modes; je me précipitai dans la porte cochère. *L'amour*! criai-je au portier, & d'un ſaut je fus à *Paphos*. J'ouvris, j'entrai; le lieu me parut digne du Dieu qu'on y adoroit. Un petit nombre de bougies n'y répandoit qu'un jour doux; je vis des peintures charmantes, je vis des meubles auſſi élégans que commodes, je remarquai ſur tout dans le fond d'une alcove dorée tapiſſée de glaces, un lit à reſſort, dont les draps de ſatin noir, devoient relever merveilleuſement l'éclat d'une peau fine & blanche. Alors je me reſſouvins que j'avois promis à M. Duportail de ne plus revoir la Marquiſe, & l'on devine que je m'en reſſouvins trop tard.

Une porte que je n'avois pas remarquée, s'ouvrit tout-à-coup; la Marquiſe entra. Voler dans ſes bras, lui donner vingt baiſers, l'emporter dans l'alcove, la poſer ſur le lit mouvant, m'y plonger avec elle dans une douce extase, ce fut l'affaire d'un moment. La Marquise reprit ses sens en même tems que moi. Je lui demandai comment elle se portoit. Que dites-vous donc? répondit-elle d'un air étonné. Je répétai : ma chere petite maman, comment vous portez-vous? Elle partit d'un éclat de rire. Je croyois avoir mal entendu, le *comment vous portez-vous* est excellent; mais si j'étois incommodée, il seroit bien temps de me le demander. Croyez-vous que ce régime-ci, convienne à une personne malade? Mon cher Faublas, ajouta-t-elle en m'embrassant tendrement, vous êtes bien vif. — Ma chère petite maman, c'est que je sais aujourd'hui bien des choses que j'ignorois il y a trois jours. — Craignez-vous de les oublier? fripon que vous êtes. — Oh, non. — Oh, non, répéta-t-elle en me contrefaisant, je vous crois bien, Monsieur le libertin. (elle m'embraſſa encore.) Promettez de ne vous en ſouvenir jamais qu'avec moi, de ces choſes là. —Je vous le promets, ma petite maman. —Vous jurez d'être fidèle?—Je le jure. —Toujours?—Oui, toujours. —Mais, dites-moi donc, vous avez beaucoup tardé, à me venir joindre, petit ingrat. —Je n'étois pas chez moi, j'ai dîné chez M. Duportail. —Chez M. Duportail! il vous a parlé de moi? —Oui. —Vous ne lui avez pas compté les folies?... —Non, maman. —Elle continua d'un ton très-férieux: vous lui avez bien dit que j'ai été comme le Marquis, trompée par les apparences?—Oui, maman. —Et que je le ſuis encore? Pourſuivit-elle d'une voix tremblante, mais en me donnant le baiſer le plus tendre. —Oui, maman. —Charmant enfant! s'écria-t-elle, il faudra donc que je t'adore! —Si vous ne voulez pas être une ingratte, il le faudra.

Cette réponſe me valut pluſieurs careſſes ; & puis un reſte d'inquiétude ſe faiſant ſentir encore : ainſi vous avez aſſuré M. Duportail, que je vous crois.... fille, ajouta la Marquiſe, en rougiſſant. —Oui. —Vous ſavez donc mentir. —Eſt-ce que j'ai menti ? —Je penſe que le fripon ſe mocque de ſa maman ? Je feignis de vouloir m'enfuir, elle me retint : demandez pardon, tout-à-l'heure, Monſieur. Je le demandai comme un homme qui étoit bien sûr de l'obtenir ; le badinage s'échauffa, la paix fut ſignée.

Vous n'êtes plus ſâchée ? dis-je à la Marquiſe. Bon ! répondit-elle en riant, eſt-ce que la colère d'une amante tient contre de pareils procédés ? —Petite maman, je paſſe avec vous des momens bien doux ; ſavez-vous à qui j'en ai l'obligation. —Il ſeroit bien ſingulier que vous cruſſiez devoir de la reconnoissance à quelqu'autre qu'à moi. — Cela est singulier, j'en conviens ; mais cela est. — Expliquez-vous, mon bon ami. — J'ignorois le bonheur que vous me prépariez, je serois encore chez Monsieur Duportail, si votre cher mari n'étoit venu faire une visite.... — A Monsieur Duportail ? — Et à moi, maman. — Il vous à vu chez Monsieur Duportail ?

Ici je racontai à ma belle Maîtresse, tout ce qui s'étoit passé dans la visite que le marquis nous avoit faite. Elle se contint beaucoup pour ne pas rire. Ce pauvre Marquis ! me dit-elle, il a la plus maligne étoile ? il semble qu'il aille exprès chercher le ridicule ! une femme est bien malheureuse, mon cher Faublas, dès qu'elle aime quelqu'un, son mari n'est plus qu'un sot. — Petite maman, vous n'êtes pas tant à plaindre ! il me semble que dans ce cas, le malheur eſt pour le mari. — Ah, c'eſt que, répondit-elle en prenant un air ſérieux, on ſouffre toujours des humiliations qu'un mari reçoit. — On en ſouffre quelquefois? Je le veux bien; mais auſſi n'en profite-t-on jamais? — Faublas, vous vous ferez battre!.... mais dites-moi, il faut que vous alliez ſouper avec le Marquis, & vous n'avez pas de robe, & puis comptez-vous me quitter ſi tôt? — Le plus tard qu'il me ſera poſſible, ma belle maman. — Mais vous pou[illegible] habiller ici. A ces mots elle [illegible]; va, lui dit-elle, chercher une de mes robes, il faut que nous habillions Mademoiſelle. Je fermai la porte ſur Juſtine, qui me [illegible] un petit ſoufflet; la Marquiſe [illegible] pas; je retournai [illegible]

Petite maman êtes-vous bien ſûre

que votre ſemme-de-chambre ne jaſera pas ? — Oui, mon ami, je lui donnerai pour ſe taire, beaucoup plus d'argent qu'on ne lui en donneroit pour parler. Je ne pouvois vous recevoir chez moi ; il falloit renoncer au plaiſir de vous voir, ou me décider à faire une imprudence : mon cher Faublas, je n'ai pas balancé.... Charmant enfant ! ce n'eſt pas la première folie que tu me fais faire : elle prit ma main qu'elle baiſa, & dont elle ſe couvrit les yeux. — Petite maman, vous ne me voulez plus voir? — Ah, toujours & par-tout ! s'écria-t-elle : ou bien il eût fallu ne te voir jamais.

Ma main qui, tout-à-l'heure me cachoit ſes yeux, maintenant étoit preſſée ſur ſon cœur : ſon cœur ému palpitoit, ſes longues paupières ſe rempliſſoient de larmes, & ſa bouche charmante, approchée de la mienne, demandoit un baiser : elle en reçut mille ! un feu dévorant me brûloit, je crus qu'il étoit partagé, je voulus l'éteindre ; mais mon amante plus heureuse, plongée dans l'ivresse d'un tendre épanchement, goûtoit les inexprimables douceurs des plaisirs qui viennent de l'ame : elle refusa des jouissances moins ravissantes, quoique délicieuses.

Ne plus te voir ? reprit-elle, ce seroit ne plus exister, & je n'existe que depuis quelques jours.... Une imprudence ? ajoûta-t-elle bientôt, en promenant sur tous les objets qui nous environnoient, ses regards étonnés : ah, n'en ai-je fait qu'une ? Ah, combien j'en dois risquer encore, si j'en juge par celles qu'en si peu de tems tu m'as obligée de commettre ! — Chere maman, je me permets une question peut-être bien indiscrette ; mais vous excitez ma vive curiosité.

coup de main, tous les boutons de ma veste. Je me vengeai sur un fichu perfide, que j'avois déjà beaucoup dérangé, & que j'enlevai tout-à-fait. Elle continua l'attaque, je me plaisois à la vengeance; nous ôtions tout, sans rien rétablir. Je montrai à la Marquise demi nue, l'alcove fortunée; & cette fois elle s'y laissa conduire.

On grattoit doucement à la porte, c'étoit Justine. Il faut lui rendre justice, pour cette fois elle avoit fait promptement sa commission. Quoique peu décemment vêtu, j'allois, sans y songer, ouvrir à la femme-de-chambre : la Marquise tira un cordon; des rideaux se fermèrent sur nous, la porte s'ouvrit. —Madame, voici tout ce qu'il faut; vous aiderai-je à l'habiller? —Non, Justine, je m'en charge, mais tu la coëfferas, je te sonnerai. Justine sortit; nous nous amusâmes quelque tems encore à contempler les tableaux rians & multipliés, que nous offroient les glaces dont nous étions environnés. Allons, me dit la Marquiſe, en m'embraſſant, il faut que j'habille ma fille. Je voulus marquer l'inſtant de la retraite, par une dernière victoire. Non, mon bon ami, ajouta-t-elle, il ne faut abuſer de rien.

Ma toilette commença; tandis que la Marquiſe s'en occupoit ſérieuſement, je m'amuſois à toute autre choſe. Voyez s'il finira, diſoit ma belle Maîtreſſe : allons, ſongez qu'il faut être ſage, vous voilà Demoiſelle. J'étois affublée d'un jupon & d'un corſet. Ma petite maman, il faut d'abord que Juſtine me coëffe, enſuite elle finira de m'habiller. [j'allois ſonner.] — Qu'il eſt étourdi! ne voyez-vous pas dans quel état vous m'avez miſe; ne faut-il pas que je m'habille aussi ? J'offris mes services à la Marquise ; je faisois tout de travers : petite maman, il faut plus de tems pour réparer, que pour détruire. — Oh, oui, je le vois bien ! quelle femme-de-chambre j'ai là ! elle est encore plus curieuse que mal-adroite.

Enfin nous sonnâmes Justine. Petite, il faut coëffer cette enfant. — Oui, Madame ; mais ne faudra-t-il pas que j'arrange vos cheveux aussi ? — Pourquoi donc ? suis-je décoëffée ? — Madame, il me semble que oui. La Marquise ouvrit une armoire, on y fourra mes habits d'homme ; demain matin, me dit-on, un commissionnaire discret vous reportera tout cela chez vous. Dans une autre armoire plus profonde, se trouvoit une table de toilette, qu'on roula jusqu'à moi ; & voilà Justine exerçant ses petits doigts légers.

La Marquiſe en ſe plaçant auprès de moi, me dit : Mademoiſelle Duportail, permettez moi de vous faire ma cour. Oui, oui, interrompit Juſtine, en attendant que M. de Faublas vous faſſe encore la ſienne. Que dit donc cette écervelée? répondit la Marquiſe. — Elle dit que je vous aime bien. — Dit-elle vrai, Faublas? — En doutez-vous, maman? & je lui baiſai la main. Cela déplut à Juſtine, apparemment : diables de cheveux! dit-elle, en donnant un coup de peigne vigoureux, comme ils ſont mêlés! — Hai!... Juſtine, tu me fais mal! — Ne faites pas attention, Monſieur; ſongez à votre affaire, Madame vous parle. — Petite, je ne dis mot, je regarde Mademoiſelle Duportail. Tu la fais bien jolie? — C'eſt pour qu'elle plaiſe davantage à Madame. — Petite, je crois qu'au fond cela t'amuſe,

Mademoiſelle Duportail ne te déplaît pas ? — Madame, j'aime encore mieux Monſieur de Faublas. — Elle eſt de bonne foi, au moins. — De très-bonne foi, Madame : demandez lui plutôt à lui-même. — Moi ! Juſtine, je n'en ſais rien. — Vous mentez, Monſieur. — Comment ! je mens ! — Oui, Monſieur, vous ſavez bien que quand il faut faire quelque choſe pour vous, je ſuis toujours prête.... Madame m'envoie chez vous, zeſte, je pars ! Oui, interrompit la Marquiſe, mais tu ne reviens pas. — Madame, aujourd'hui ce n'eſt pas ma faute, il m'a fait attendre. (Ici Juſtine me chatouilla doucement le col, en tournant une boucle) — C'eſt qu'il n'eſt pas preſſé, quand il faut venir me voir ! — ah, petite maman, je ne ſuis heureux qu'auprès de vous. J'embraſſai la Marquiſe qui faiſoit mine de s'en défendre. Juſtine trouva le badinage trop long,

long, elle me pinça rudement : la douleur m'arracha un cri. Prenez donc garde à ce que vous faites, dit la Marquise à Justine, avec un peu d'humeur. — Mais, Madame, aussi, il ne peut pas se tenir un moment tranquille !

Il y eut quelques instans de silence. Ma belle Maîtresse avoit une de mes mains dans les siennes ; l'espiégle soubrette occupa l'autre, en me faisant tenir un bout du ruban qui devoit nouer mes cheveux : & saisissant le moment, elle m'appliqua un peu de pommade sur la figure. Justine ! lui dis-je. Petite ! dit la Marquise. — Madame, je n'emploie qu'une main, que ne se défend-il avec l'autre ? & puis feignant que la houpe lui étoit échappée, elle me jetta de la poudre sur les yeux. — Petite ! vous êtes bien folle !... je ne vous enverrai plus chez lui ! — Bon ! Madame, est-ce qu'il est dangéreux ?

je n'ai pas peur de lui. —Mais Justine, c'est que tu ne sais pas comment il est vif! —Oh que si! Madame. —Tu le sais? petite. —Oui, Madame. —Vous le savez, Justine? — Oui, Madame, Madame se souvient du soir qu'elle à couché chez nous? cette belle demoiselle! —Hé bien? — J'ai offert de la deshabiller, Madame n'a pas voulu. —Sans doute; elle avoit un air si modeste! si timide! qui n'en auroit été la dupe? je ne sais pas comment j'ai pu lui pardonner. —C'est que Madame est si bonne!... Madame, je disois donc que vous n'aviez pas voulu; Mademoiselle Duportail se deshabilloit derrière les rideaux; je passai par hasard près d'elle, au moment où ayant ôté son dernier jupon, elle s'élançoit dans le lit. —Enfin? — Enfin, Madame, cette drôle de demoiselle sauta si vîte si singulièrement, que... Hé bien achevé donc, dis-je à Justine. —Ah mais je n'ofe. Finis donc, dit la Marquife, en fe cachant le vifage avec fon éventail.—Elle fauta fi fingulièrement & avec fi peu de précaution, que je m'apperçus... Quoi! Juftine, interrompit la Marquife d'un ton prefque férieux, vous apperçûtes?..—Que c'étoit un jeune homme, oui, Madame.—Comment! & vous ne m'avez pas avertie! —Bon! Madame, le pouvois-je? vos femmes dans votre appartement! le Marquis prêt d'y entrer! cela auroit fait un beau vacarme!... & puis Madame le favoit peut-être. A ces derniers mots la Marquife pâlit. Vous me manquez, Mademoifelle; fachez que fi je veux bien m'oublier, je ne veux pas qu'on s'oublie! Le ton dont ces paroles furent prononcées, fit trembler la pauvre Juftine; elle s'excufa de fon mieux. Madame, je plaifantois. —Je le crois, Mademoifelle; fi je penſois que vous euſſiez parlé ſérieuſement, je vous chaſſerois dès ce ſoir. Juſtine ſe mit à pleurer. Je tâchai d'appaiſer la Marquiſe. Convenez, me dit celle-ci, qu'elle m'a dit une impertinence!... comment! oſer ſuppoſer, oſer me dire en face & devant vous, que je ſavois.... (elle rougit beaucoup, me prit la main, & me la ſerra doucement.) Mon cher Faublas, mon bon ami, vous ſavez comme tout cela s'eſt paſſé, vous ſavez ſi ma foibleſſe eſt excuſable! votre déguiſement trompe tout le monde, je vois au bal une jeune demoiſelle jolie, pleine d'eſprit, pour qui je me ſens beaucoup d'inclination; elle ſoupe chez moi, elle y couche, tout le monde ſe retire... L'aimable demoiſelle eſt dans mon lit, à côté de moi... Il ſe trouve que c'eſt un charmant jeune homme!..juſqu'ici le haſard, ou plutôt l'amour, a tout fait. Après cela j'ai ſans doute été bien foible ; mais quelle femme à ma place auroit réſiſté ? Le lendemain je m'applaudis du haſard qui a fait mon bonheur & qui l'aſſure. Faublas, vous connoiſſez le Marquis, on m'a mariée malgré moi, on m'a ſacrifiée ; quelle femme excuſera-t-on, ſi l'on me juge à la rigueur ? [je vis la Marquiſe prête à pleurer, j'eſſayai de la conſoler par le baiſer le plus tendre ; je voulus parler.] Un moment, me dit-elle, un moment, mon ami ; le lendemain je confie à Mademoiſelle mon étonnante aventure, je lui dit tout, tout ! Faublas... elle a le ſecret de ma vie, mon ſecret le plus cher ! elle paroît me plaindre, m'aimer ; point du tout, elle abuſe de ma confiance, elle ſuppoſe une horreur, elle me dit en face...

Juſtine fondoit en larmes, elle tomba aux genoux de ſa maitreſſe, elle lui demanda vingt fois pardon. Je joignis mes instances aux siennes ; car j'étois vivement ému. La Marquise fut attendrie : allez, dit-elle, allez, je vous pardonne, Justine, oui, je vous pardonne. Justine baisa la main de sa Maîtresse, & s'excusa de nouveau. C'est assez, lui répondit-on, c'est assez, je suis calmée, je suis contente, relevez-vous, Justine, & n'oubliez jamais, que si votre Maîtresse a des foiblesses, il ne faut pas lui supposer des vices ; que loin de chercher à la trouver plus coupable, vous devez l'excuser ou la plaindre ; & qu'enfin vous ne pouvez sans vous rendre indigne de ses bontés lui manquer de fidélité & de respect. Allons, petite, ajouta-t-elle avec beaucoup de douceur, ne pleure plus, releve toi, je te dis que je te pardonne ; finis cette coëffure, & qu'il ne soit plus question de cela.

Juſtine reprit ſon ouvrage, en me lorgnant d'un air confus. La Marquiſe me regardoit languiſſamment ; nous gardions tous trois le ſilence : ma toilette n'en alla que plus vîte ; j'eus deux femmes-de-chambre au lieu d'une. Il étoit neuf heures, il fallut ſe ſéparer, nous nous donnâmes le baiſer d'adieu. Allez, friponne, me dit la Marquiſe, & ménagez mon mari ; demain je vous donnerai de mes nouvelles. Je deſcendis, un fiacre étoit à la porte ; comme j'y montois, deux jeunes gens paſſèrent ; ils me regardèrent de très-près, & ſe permirent quelques plaiſanteries, plus groſſières que galantes. J'en fus ſurpris ; la maiſon d'où je ſortois, pouvoit elle être ſuſpecte? c'étoit celle d'une amie de la Marquiſe. Ma miſe n'étoit pas non plus celle d'une fille ! Pourquoi donc ces Meſſieurs s'égayoient-ils ſur mon compte ? c'eſt qu'apparemment il leur avoit paru étrange de voir une femme bien parée & sans domestiques, monter seule dans un fiacre, à neuf heures du soir.

A mesure que mon phaëton avançoit, mes réflexions prirent un autre cours & changèrent d'objet. J'étois seul, je pensai à ma Sophie. Je ne lui avois fait dans la matinée qu'une courte visite ; dans la soirée, je ne donnois qu'un moment à son souvenir ; mais si le Lecteur veut m'excuser, qu'il songe aux doux plaisirs que vient de m'offrir une femme charmante, voluptueuse & belle ; qu'il sache que Justine a la plus jolie petite figure chiffonnée ; qu'il se souvienne sur-tout, que Faublas commence son noviciat, & n'a guères que seize ans !

J'arrivai chez Monsieur Duportail. Le Marquis, en me faisant de profondes révérences, commença par me demander

der ſi j'avois vu ſa femme. Répondre non, c'étoit bien mentir, il fallut m'y déterminer pourtant. Non, Monſieur le Marquis. — Je le ſavois bien ! j'en étois sûr ! M. Duportail l'interrompit : Ma fille, vous vous êtes fait long-tems attendre ; nous allons nous mettre à table. — Sans mon frère ? — Il m'a fait dire qu'il ſoupoit en ville. — Comment ! la veille de mon départ ! — Belle demoiſelle, vous ne m'aviez pas dit que vous aviez un frère. — Monſieur, je crois l'avoir dit à Madame la Marquiſe. — Elle ne m'en a pas parlé. — Bon ! — Je vous donne ma parole d'honneur, qu'elle ne m'en a pas parlé ! — Monſieur, je vous crois. — Ah, c'eſt que cela tire à conſéquence ! Monſieur votre père croiroit que je fais le connoiſſeur, & que je ne le ſuis pas. — Comment donc ? — Comment ! Mademoiſelle, vous ne croiriez jamais ce qui m'eſt arrivé !

en entrant ici, j'ai reconnu Monſieur votre frère, que je n'avois jamais vu! —Oh! bah! —Demandez à Monſieur votre père. —A la bonne heure, Monſieur, vous l'avez reconnu; mais Madame la Marquiſe . . . —Ne m'en a pas parlé, je vous le jure. —Bon! —Je vous en donne ma parole d'honneur. —C'eſt donc M. de Roſambert? —Il ne m'en a pas parlé non plus! —Je crois pourtant l'avoit entendu vous dire à-peu-près . . . —Pas un mot qui reſſemble à cela, je vous le proteſte! Et le marquis ſe fâchoit preſque. —C'eſt donc moi qui me ſuis trompé! En ce cas, Monſieur, il faut que vous ſoyez grand phyſionomiſte. —Oh, çà, c'eſt vrai, répondit-il avec une joie extrême, perſonne ne ſe connoît en phyſionomie comme moi.

Monſieur Duportail s'amuſoit de la converſation, & de peur qu'elle ne finît trop tôt : il faut convenir auſſi, dit-il au Marquis, qu'il y a un air de famille. J'en conviens, répliqua celui-ci, j'en conviens; mais c'eſt juſtement cet air de famille qu'il faut ſaiſir, qu'il faut diſtinguer dans les traits; c'eſt là ce qui conſtitue les vrais connoiſſeurs! entre père, mère, frères & ſœurs, il y a toujours un air de famille. Toujours, m'écriai-je, toujours! vous croyez, Monſieur? —Si je le crois, mais j'en ſuis sûr. Quelquefois cet air là eſt enveloppé dans le maintien, dans les manières, dans les regards. . . enveloppé, vous dis-je, enveloppé de ſorte qu'il n'eſt pas aiſé de l'appercevoir. Hé bien, un homme habile le cherche, . . . le débrouille . . . vous concevez ? — De ſorte que, ſi après m'avoir vue, mais avant d'avoir vu mon père, mon père que voici, vous l'aviez par haſard rencontré au milieu de vingt perſonnes ?..

—Lui ! dans mille ! je l'aurois reconnu !

M. Duportail & moi, nous nous mîmes à rire. Le Marquis se leva, quitta la table, alla à M. Duportail, lui prit la tête d'une main, & promenant un doigt sur le visage de mon prétendu père : ne riez donc pas, Monsieur, ne riez donc pas. Tenez, Mademoiselle, voyez-vous ce trait-là, qui prend ici, qui passe par-là, qui revient ensuite... revient-il ?... Non, il ne revient pas, il reste là. Hé bien, tenez : (il venoit à moi.) — Monsieur, je ne veux pas qu'on me touche. (Il s'arrêta, & promena son doigt, mais sans le poser sur mon visage.)—Hé bien, Mademoiselle, ce même trait, le voilà, là, ici, & encore là... là ; voyez - vous ? — Hé ! Monsieur, comment voulez-vous que je voie ? — Vous riez !.... Il ne faut pas rire, cela est sérieux. . . . Vous voyez bien, vous, Monsieur ? — Très-bien. — Outre cela, Monſieur, il y a dans l'enſemble.... dans la configuration du corps, certaines nuances... de reſſemblance.... certains rapports ſecrets.... occultes ... Occultes! répétai-je, occultes! — Oui, oui, occultes. Vous ne ſavez peut-être pas ce que c'eſt qu'occultes? Cela n'eſt pas étonnant, une demoiſelle!... Je diſois donc, Monſieur, qu'il y a des reſſemblances occultes... Non, ce n'eſt pas reſſemblances que j'avois dit, c'eſt un autre mot.... plus.... là..... mieux.... ah dame, je ne ſais plus où j'en étois, on m'a interrompu. — Monſieur, vous aviez dit: des rapports occultes. — Ah oui, des rapports! des rapports! & je vais vous faire concevoir cela à vous, Monſieur, qui êtes raiſonnable. — Comment! Monſieur le Marquis, vous m'injuriez, je crois! — Non, ma belle demoiſelle, vous ne pouvez pas ſavoir tout ce que Monſieur votre père ſait. — Ah! dans ce ſens-là... — Oui dans ce ſens-là, ma belle demoiſelle; mais de grâce, laiſſez-moi expliquer à Monſieur... Monſieur, les péres & les mères dans la... procréation des individus, font des êtres qui reſſemblent,... qui ont des rapports occultes avec les êtres qui les ont procréés, parce que la mère de ſon côté, & le père du ſien... Chut! chut! je vous entends, interrompit M. Duportail. Oh, elle ne comprend pas cela, répondit le Marquis, elle eſt trop jeune... Cela eſt pourtant clair, ce que je vous explique; mais cela eſt clair pour vous. Ces choſes-là, Monſieur, ſont phyſiques, elles ont été phyſiquement prouvées par des.... par de grands phyſiciens, qui entendoient très-bien ces parties-là.

Monſieur le Marquis, pourquoi donc

parler bas ? — J'ai fini, Mademoiselle, j'ai fini ; M. votre père est au fait. — Vous vous connoissez en physionomie, Monsieur le Marquis ; mais vous connoissez-vous aussi en étoffes ? Que dites-vous de cette robe-là ? — Elle est très-jolie, très-jolie. Je crois que la Marquise en a une pareille... Oui, toute pareille. — De la même étoffe ? de la même couleur ? — De la même étoffe, je ne sais pas ; mais pour la couleur, c'est absolument la même : elle est très-jolie, elle vous va au mieux. Il partit de là pour me faire des complimens à sa manière ; tandis que M. Duportail, devinant à qui la robe appartenoit, me regardoit d'un air mécontent, & sembloit me reprocher d'avoir si-tôt oublié la parole que je lui avois donnée.

Nous sortions de table, quand mon véritable père, M. de Faublas, qui m'avoit promis de me venir chercher, arriva. Son étonnement fut extrême, de retrouver chez Monſieur Duportail ſon fils encore traveſti, & le Marquis de B***. Encore! dit-il en me regardant d'un air ſévère; & vous, Monſieur Duportail, vous avez la bonté... — Hé! bon ſoir, mon ami, ne reconnoiſſez-vous pas M. le Marquis de B***? Il m'a fait l'honneur de venir me demander à ſouper, pour faire ſes adieux à ma fille, qui part demain. Qui part demain? répliqua le Baron, en ſaluant froidement le Marquis. — Oui, mon ami, elle retourne à ſon couvent; ne le ſavez-vous pas? Hé! non, dit le Baron, avec impatience; hé! non, je ne le ſais pas. — Hé bien, mon ami, je vous le dis, elle part. Oui, Monſieur; interrompit le Marquis, en s'adreſſant à mon père, elle part; j'en ai bien du chagrin, &

ma femme en ſera très-fâchée. Et moi, Monſieur, répondit le Baron, j'en ſuis bien aiſe ; il eſt tems que cela finiſſe, ajouta t-il, en me regardant. M. Duportail craignit qu'il ne s'emportât, il le tira à part. Qu'eſt-donc que cet homme là ? me dit alors le Marquis, ne l'ai-je pas vu ici l'autre jour? — Juſtement. — Je l'ai reconnu tout d'un coup ; quand une fois j'ai vu une figure, elle eſt là. Mais cet homme là me déplaît, il a toujours l'air fâché. Eſt-ce un de vos parens ? — Point du tout. Oh, je l'aurois gagé qu'il n'étoit point de la famille ! Il n'y a pas entre vos figures la moindre reſſemblance : la vôtre eſt toujours gaie, la ſienne eſt toujours ſombre, à moins qu'un ris platonique... Non ! Sartonique.... Eſt-ce ſartonique ou ſard... Enfin vous comprenez : Je veux dire, que lorſqu'il ne vous regarde pas de travers cet homme-là, il vous rit au nez. — Ne faites pas attention à cela, c'eſt un philoſophe. Un philoſophe! reprit le Marquis d'un air effrayé, je ne m'étonne plus. Un philoſophe! Ah, je m'en vais. Monſieur Duportail & le Baron s'entretenoient enſemble, & nous tournoient le dos. Le Marquis alla dire adieu à Monſieur Duportail. Ne vous dérangez pas, dit-il au Baron, qui ſe retourna pour le ſaluer, Monſieur, ne vous dérangez pas, je n'aime pas les philoſophes, moi! & je ſuis fort aiſe que vous ne ſoyez pas de la famille. Un philoſophe! un philoſophe, répéta-t-il en s'enfuyant.

Quand il fut parti, mon père & Monſieur Duportail recommencèrent à cauſer tout bas. Je m'endormis au coin du feu; un ſonge heureux me préſenta l'image de ma Sophie. Faublas, cria le Baron, allons-nous-en. Voir ma jolie cousine? lui dis-je encore tout étourdi. — Sa jolie cousine! voyez s'il ne dort pas tout debout. Monsieur Duportail rioit, il me dit: allez-vous en, mon ami, allez dormir chez vous, je crois que vous en avez besoin; nous nous reverrons, je vous dois encore des reproches, & le récit de mes malheurs; nous nous reverrons.

En rentrant je demandai M. Person, il venoit de se coucher; j'en fis autant & je fis bien; jamais on ne dormit plus profondément aux harangues fraternelles de nos Francs-Maçons, aux lectures publiques du Musée moderne; aux rares plaidoyers des D*** des D***, des DL***, & de tant d'autres grands Orateurs inscrits sur le fameux tableau.

A mon réveil, je sonnai Jasmin, pour le prévenir qu'on me rapporteroit dans la matinée mes habits, que j'avoi laiſſés la veille chez un ami. Enſuit je fis appeller M. Perſon ; je lui demandai comment ſe portoient Adélaïde & Mademoiſelle de Pontis. Vous les avez vues hier, me répondit-il — Et vous auſſi, M. Perſon, vou les avez vues, & même vous leur avez dit que j'avois fait une connoiſſance au bal. — Hé bien, Monſieur, quel mal ? — Et quelle néceſſité, Monſieur? Dites à ma ſœur vos ſecrets, à la bonne heure ; mais les miens, je vous prie de les reſpecter. — En vérité, Monſieur, vous le prenez ſur un ton... depuis quelques jours on ne vous reconnoît plus... Je me plaindrai à Monſieur votre père. — Et moi ! Monſieur, à ma ſœur. (je le vis pâlir.) Croyez-moi, ſoyons bons amis, mon père deſire que je ſorte avec vous ; hé bien ! finiſſez votre toilette, & allons au couvent.

Nous partions, quand Rosambert arriva; dès qu'il sut où nous allions, il me pria de lui permettre de nous accompagner. Depuis quatre mois, me dit-il, vous m'avez promis de me faire connoître votre aimable sœur. Rosambert, je vais vous tenir parole, & vous allez voir une demoiselle que vous serez forcé d'estimer. — Mon ami, distinguons; je suis très convaincu que Mademoiselle de Faublas est dans le cas de l'exception; mais je retorquerai sur vous le terrible argument dont vous vous êtes armé contre moi: une exception ne détruit pas la règle, elle la prouve. — Tout comme il vous plaira; je vous préviens que vous allez voir une demoiselle de quatorze ans & demi, innocente, ingénue jusqu'à la simplicité; cependant elle est aussi grande qu'on peut l'être à son âge, & elle ne manque ni d'esprit, ni d'éducation.

Person fut plus heureux que moi ma sœur vint au parloir, ma Sophi n'y vint pas. Après les révérences & les complimens d'usage, après quelques minutes d'une conversation générale, je ne pus dissimuler mon inquiétude: Adélaïde, dites-moi donc ce qu'a ma jolie cousine? Oh, mon frère, il faut que son mal soit bien amer car elle le cache & elle s'en occupe toute la journée. Je ne reconnois plus ma bonne amie; autrefois elle étoit étourdie, gaie, folle comme moi; maintenant je la vois triste, rêveuse, inquiéte. Nous la trouvons toujours presque aussi douce, aussi caressante; mais elle est rarement avec nous. Dans nos heures de récréation, elle jouoit, elle couroit au jardin avec nos compagnes; à présent, mon frère, elle cherche un petit coin pour s'y promener toute seule. Oh, elle est malade!

elle eſt vraiment malade! elle mange peu, elle ne dort pas, elle ne rit plus ; & moi, mon frère, & moi qu'elle aimoit tant, elle a l'air de me craindre! oui, en vérité, je l'ai remarqué, elle fuit tout le monde ; mais c'eſt moi ſur-tout qu'elle évite! hier je la vois entrer dans une petite allée couverte au bout du jardin ; j'arrive à pas de loup, je la trouve s'eſſuyant les yeux ; ma bonne amie, dis-moi donc où tu as mal?... elle me regarde d'un air.... d'un air.... mais c'eſt que je n'ai vu perſonne avoir cet air là... Enfin elle me répond : *Adélaïde, tu ne le devines pas! Ah, que tu es heureuſe! mais que je ſuis à plaindre!* & puis elle rougit, elle ſoupire, elle pleure. Je tâche de la conſoler ; plus je lui parle, plus elle ſe chagrine. Je l'embraſſe, elle me fixe long-tems, & paroît tranquille ;

tout d'un coup elle met sa main sur mes yeux, & elle me dit : *Adélaïde : cache ton visage ! Oh, cache le ! il est trop... il me fait mal ! laisse-moi, vas-t'en un moment, laisse-moi seule*, & elle se remet à pleurer. Moi qui vois que son mal augmente, je lui dis : Sophie....

A ce nom de Sophie, Rosambert se pencha à mon oreille : la jolie cousine, c'est Sophie, c'est cette Sophie que j'ai blasphémée ! Ah, pardon. Ma sœur reprit :

Je lui dis, Sophie, attends un moment, je vais chercher ta gouvernante... Alors elle se remet, elle s'essuie les yeux, elle me prie de ne rien dire : je suis obligée de le lui promettre ; mais au fond cela n'est pas raisonnable. Vouloir être malade, & ne pas vouloir que sa gouvernante le sache. — Ma chère Adélaïde, pourquoi

quoi n'est-elle pas venue au parloir avec vous aujourd'hui? — C'est qu'elle est si distraite! si préoccupée! elle vous aimoit presqu'autant que moi, autrefois... — Et maintenant? — Je crois qu'elle ne vous aime plus. Tout-à l'heure je lui ai dit que vous étiez-là.... *Le jeune cousin!* s'est-elle écriée d'un air content; elle venoit, elle s'est arrêtée: *Non, je n'irai pas*, m'a-t-elle dit, *je ne veux pas, je ne peux pas... dites-lui de ma part que....* elle paroissoit chercher, j'attendois qu'elle s'expliquât: *Mon dieu, ne savez-vous pas ce qu'il faut lui dire?* a-t-elle ajouté avec un peu d'humeur... *Ce qu'on dit en pareil cas; les complimens d'usage!* & elle m'a quittée assez brusquement.

Je m'enivrois du plaisir d'entendre ma sœur ingénue, me peindre avec l'innocence d'un enfant, les tendres agitations, les douces peines de Sophie. Rosambert encore plus étonné que je n'étois ravi, prêtoit une oreille attentive; & le petit Monsieur Person nous regardant tous trois, paroissoit en même tems inquiet & charmé.

Adélaïde, vous croyez donc que Sophie ne m'aime plus? — Mon frère, j'en suis presque sûre, tout ce qui se rapporte à vous, lui donne de l'humeur, & moi j'en suis quelquefois la victime. — Comment! — Oui, l'autre jour, Monsieur que voilà, (montrant M. Person) nous apprit que vous aviez passé la nuit toute entière chez Madame la Marquise de B*** ; hé bien, quand Monsieur fut parti, dès que nous fûmes seules, Sophie me dit d'un ton très-sérieux: *Votre frère n'a pas couché à l'hôtel! il n'est pas rangé, votre frère! cela n'est pas bien...* Votre frère! elle me tutoie ordinairement. Votre frère!... quand même vous feriez dérangé, Faublas, doit-elle fe fâcher contre moi? votre frère!... Le jour d'après, je crois, vous avez été au bal mafqué. Monfieur Perfon nous l'eft venu dire; car il nous dit tout, Monfieur Perfon. Dès que nous avons été feules, Sophie m'a dit: *Votre frère s'amufe au bal, & nous nous ennuyons ici!* Point du tout, lui ai-je répondu, on ne s'ennuie point avec fa bonne amie..... *Ah, oui*, a-t elle répliqué, *ah, oui, avec fa bonne amie, cela eft vrai.* Cependant, mon frère, voyez cette fingularité; un moment après elle a répété triftement: *il s'amufe au bal, & nous nous ennuyons ici!....* Nous nous ennuyons! & mais, quand cela feroit vrai, cela n'eft pas poli, elle ne doit pas le dire!.... Oh, fi elle n'étoit pas malade, je lui en voudrois beaucoup. Je me rappelle encore un trait; hier, vous nous avez dit que

Madame de B*** étoit jolie. Le soir j'ai poursuivi Sophie, & je l'ai forcée de se promener avec moi. *Votre frère*, m'a t-elle dit, car à présent c'est toujours votre frère.... *Il trouve cette Marquise jolie, il est sans doute amoureux d'elle?* j'ai répondu: ma bonne amie, cela ne se peut pas, cette Madame de B*** est mariée. Elle m'a pris la main, & elle m'a dit: *Adélaïde, ah, que tu es heureuse!* & il y avoit dans son regard, dans son sourire, du dédain, de la pitié. Est-ce honnête, cela?.... Ah, que tu es heureuse!..... Hé! mais sûrement, je suis heureuse, je me porte bien, moi!

Mais, Adélaïde, tout ce que vous me dites-la, ne prouve pas que ma jolie cousine ne m'aime plus, elle peut être un peu fâchée; mais tous les jours on boude les gens qu'on aime. — Oh!

ſans doute, s'il n'y avoit que cela! — Et qu'y a-t il donc encore! — Hé bien, autrefois elle m'entretenoit ſans ceſſe de vous, elle étoit joyeuſe de vous voir; à préſent elle me parle encore de mon frère, mais c'eſt ſi rarement! & d'un ton toujours ſi ſérieux! hier ne l'avez vous pas remarqué? Elle n'a pas dit un mot, pas un ſeul mot, pendant que vous étiez là. Allez, allez, mon frère, quand on aime les gens, on leur parle! je vous aſſure que ma bonne amie ne vous aime plus.

Ici Roſambert ſe mêla de la converſation, qui changea d'objet. On parla danſe, muſique, hiſtoire & géographie. Ma ſœur, qui venoit de cauſer comme une fille de dix ans, raiſonna alors comme une femme de vingt. Le Comte, à chaque inſtant plus ſurpris, ſembloit ne pas s'appercevoir que les heures s'écouloient, quoique M. Perſon eût pris la peine de l'en avertir pluſieurs fois. Enfin, le ſon d'une cloche qui appelloit les penſionnaires au réfectoire, nous obligea de nous retirer.

Je vous avoue, me dit le Comte, que j'ai peine à croire ce que j'ai vu. Comment peut-on allier l'ignorance & le ſavoir, la modeſtie & la beauté, l'ingénuité de l'enfance & la raiſon de l'âge mûr; enfin, permettez-moi de le dire, une innocence auſſi extrême, avec un phyſique auſſi précoce. Je croyois cette réunion impoſſible, mon ami, votre ſœur eſt le chef-d'œuvre de la nature & de l'éducation. — Roſambert, ce chef-d'œuvre eſt le fruit de quatorze ans de ſoin & de bonheur; il fut produit par le concours le plus rare des circonſtances les plus heureuſes. Le Baron de Faublas a d'abord reconnu que l'éducation d'une fille étoit, pour un militaire, un fardeau trop pesant ; ma mère, que nos regrets honorent tous les jours, ma vertueuse mère s'est trouvée digne d'en être chargée. Le hasard aussi l'a bien secondé : il s'est rencontré pour sa fille des domestiques qui obéissoient & ne raisonnoient pas ; une gouvernante qui ne contoit pas d'histoires galantes, & ne lisoit pas de romans ; des maîtres qui ne s'occupoient avec leur élève, que de sa leçon : une société de gens attentifs qui ne se permettoient jamais un geste suspect, un mot équivoque ; & ce qui n'est pas le moins essentiel & le plus commun, un directeur qui, dans son confessionnal, écoutoit & ne questionnoit pas. Enfin, mon ami, il n'y a pas six mois qu'Adélaïde est au couvent. — Six mois ! Ah, dans un espace de tems beaucoup plus court, combien de demoiselles qu'on dit bien élevées, acquièrent là de grandes lumières & reçoivent même certaines leçons qui avancent beaucoup une jeune fille ! — C'est ici, Rosambert, qu'il faut encore admirer le bonheur d'Adélaide ! vive, folâtre, enjouée avec toutes ses compagnes, elle n'en a distingué qu'une, une aussi délicate, aussi honnête, aussi sage qu'elle... une ! un peu plus éclairée peut-être, parce que depuis quelque tems l'amour... Je vous entends, c'est la jolie cousine. — Oui, mon ami. Sophie, non moins vertueuse qu'Adélaïde, quoique sensible un peu plutôt, Sophie est devenue l'unique amie de ma sœur. Ces deux cœurs si purs, se sont pour ainsi dire sentis, attirés, confondus. Adélaïde, privée de sa mère, n'a plus pensé, n'a plus vécu que par Sophie

leu

leur amitié aussi délicate que vive, les a sauvées des dangers dont vous me parlez; & auxquels je conçois que doivent être exposées dans l'enceinte où elles se trouvent rassemblées, pressées pour ainsi dire, tant de jeunes filles ardentes, inquietes, curieuses, que le tems, l'heure, les lieux invitent continuellement à des liaisons, qui devenant très-intimes, peuvent bien n'être pas toujours désintéressées. Depuis quelque tems, j'ai troublé l'union des deux amies; il m'est permis de croire que je suis devenu l'heureux objet des plus chères affections de ma jolie cousine. Adélaïde, à qui l'amour (je regardois M. Person) n'a pas encore montré son vainqueur, a porté sur Sophie sa sensibilité toute entière; & l'amertume de ses plaintes, nous a prouvé l'excès de son amitié..... — Et vous a assuré en même tems de votre bonheur. En vérité, Faublas, je vous félicite si Sophie est aussi aimable, aussi belle qu'Adélaïde. — Plus belle, mon ami, plus belle encore! — Cela me paroît difficile. — Oh, plus belle!... vous la verrez; plus belle! imaginez.... — Chut! chut! doucement, comme il s'échauffe!.... dites-moi donc, l'homme à sentimens! puisque vous aviez une si charmante maîtresse, pourquoi m'avez-vous soufflé la mienne? puisque M. de Faublas aimoit tant le parloir, pourquoi Mademoiselle Duportail a-t-elle couché chez la Marquise? Comment donc arrangez-vous tout cela? — Mais, Rosambert, cela n'est pas difficile.... — ni désagréable, je le conçois. — Vous riez! écoutez donc, mon ami. Vous savez comment les choses se sont passées entre la Marquise & moi. — Oui,

oui, à-peu-près. — Mais, rieur éternel, écoutez-moi. Elevé à-peu-près comme ma sœur, je n'étois guères moins ignorant qu'elle, il y a huit jours. Je n'ai pas pris Madame de B***, c'est elle qui s'est donnée... Je suis excusable. — Allons, passe pour le bal paré; mais au moins vous étiez le maître de ne pas retourner chez elle. Le bal masqué! Heim, qu'en dites-vous? — Je dis qu'on m'y avoit attiré..... Je n'ai guères que seize ans, moi! mes sens sont neufs. — Ah, Sophie, pauvre Sophie! — Ne la plaignez pas, je l'adore!.... Mais, Rosambert, je sais bien qu'il n'y a que des nœuds légitimes qui puissent m'assurer sa possession. — Cela doit être, au moins. — Hé bien, en attendant que l'hymen nous unisse, je respecterai toujours ma Sophie... — C'est ce que l'on saura par la suite.

— Cependant mon célibat me paroîtra dur. — Je le crois! — Ma vivacité m'emportera quelquefois. — Sans doute. — Je ferai peut-être quelque infidélité à ma jolie cousine... — Cela est plus que probable. — Mais dès qu'un heureux mariage... — Ah, oui! — Alors, ma Sophie, je n'aimerai que toi... — Cela n'est pas si sûr. — Je t'aimerai toute ma vie. — Celui-là me paroît fort.

Rosambert me quitta. Jasmin à qui je demandai en rentrant, si l'on avoit rapporté mes habits, me dit qu'il n'avoit vu personne; j'attendis jusqu'au soir le commissionnaire qui ne vint pas. J'étois inquiet, parce que j'avois laissé dans mes poches un porte feuille qui contenoit deux lettres; l'une m'avoit été envoyée de province par un vieux domestique de mon père; le bonhomme me souhaitoit une bonne année. J'aurois été fâché de perdre l'autre ; c'étoit celle que la Marquise m'avoit écrite quelques jours auparavant ; elle étoit, comme on sait, adressée à Mademoiselle Duportail, & je voulois la conserver.

Les habits me furent rapportés le lendemain matin ; mais je cherchai vainement dans les poches, le porte-feuille ne s'y trouvoit plus. Madame Dutour vint me faire oublier mon inquiétude, en me remettant une lettre de la Marquise. J'ouvris avec empressement, je lus.

« Ce soir, mon bon ami, à sept » heures précises trouvez-vous à la » porte de mon hôtel ; vous pourrez » suivre avec assurance la personne, » qui, après avoir soulevé le chapeau » dont vous vous serez couvert les yeux, » vous nommera, l'Adonis. Je ne » puis vous en écrire davantage, de-

» puis le matin je suis obsédée ; on
» me fatigue des détails de la science
» physionomique ; ce n'est pas celle-
» là que je me soucie d'approfondir.
» O mon ami, vous possédez si bien
» l'art de plaire, que quand on vous
» connoît, on ne sait plus qu'aimer,
» on ne veut plus savoir que cela ».

Cette lettre étoit si flatteuse, l'invitation qu'elle contenoit étoit si séduisante que je ne balançai pas. J'assurai la Dutour que je ne manquerois pas de me rendre au lieu indiqué. Cependant quand la messagère fut partie, je sentis quelques irrésolutions. Ne devois-je pas désormais, uniquement occupé de Sophie, éviter toute occasion de revoir sa trop dangéreuse rivale ?... Mais pourquoi m'imposerois-je cette loi cruelle, sans nécessité ? Avois-je déclaré mon amour à Sophie ? Sophie m'avoit-elle avoué le ſien? avoit-elle acquis le droit d'exiger de moi ce ſacrifice?... D'ailleurs, à le bien prendre, ce que j'allois faire ne pouvoit pas s'appeller une infidélité! je ne m'embarquois pas dans une intrigue nouvelle! puiſque j'avois paſſé la nuit avec la Marquiſe, puisque je l'avois revue depuis dans ce galant boudoir, quel inconvénient de lui faire encore une viſite? Cela ne faiſoit jamais que trois rendez-vous au lieu de deux; le crime étoit-il dans le nombre? & puis ma jolie couſine ne ſeroit pas inſtruite de celui-là.... Enfin ma parole étoit engagée! le Lecteur voit bien, que je ne pouvois me diſpenſer d'aller à ce rendez-vous.

Je ne me fis pas attendre; Juſtine auſſi ne me laiſſa pas morfondre à la porte, elle ſouleva mon chapeau: Venez bel Adonis. Je la ſuivis à petits pas. Cependant le suiſſe, quoiqu'à demi-ivre, entendit quelque bruit, & demanda qui c'étoit. C'eſt moi! c'eſt moi! répondit Juſtine. Oui, reprit l'autre, c'eſt vous! mais ce jeune gaillard? — Hé bien, c'eſt mon couſin. Le Suiſſe étoit en gaité, il ſe mit à frédonner : Voilà mon couſin l'allure, mon couſin, voilà mon couſin l'allure.

Cependant Juſtine me conduiſoit au fond de la cour; nous enfilâmes un eſcalier dérobé; on conçoit que la jolie ſoubrette fut embraſſée pluſieurs fois, avant que nous fuſſions au premier étage. Alors elle me fit ſigne d'être plus ſage, & m'ouvrit une petite porte, je me trouvai dans le boudoir de la Marquiſe. Entrez, me dit Juſtine, entrez dans la chambre à coucher, vous ſeriez mal ici; elle ſortit, & ferma la porte ſur elle.

J'entrai dans la chambre à coucher, ma belle Maîtreſſe vint à moi. Ah, maman, c'eſt donc ici que pour la ſeconde fois.... Elle m'interrompit : mon dieu! je crois entendre le Marquis! le voilà revenu pour toute la ſoirée, ſauvez-vous, partez! D'un ſaut je regagnai le boudoir; mais je ne ſongeai pas à tirer ſur moi la porte de la chambre à coucher, elle reſta entr'ouverte; & pour comble de malheur, cette étourdie de Juſtine avoit fermé à double tour l'autre porte, qui conduiſoit à l'eſcalier dérobé. La Marquiſe qui ne pouvoit deviner que la retraite me fût fermée, s'étoit aſſiſe tranquillement. Déjà le Marquis étoit entré dans ſon appartement, & s'y promenoit d'un air effaré. Je tremblois qu'il ne m'apperçût dans le boudoir, il n'y avoit pas moyen d'en ſortir, comment faire? Je me jettai ſous l'ottomane, & dans une ſituation très-incommode, j'entendis une converſation fort ſingulière, qui eut un dénouement plus ſingulier encore.

Vous voilà de retour de bonne heure, Monſieur? — Oui, Madame. — Je ne vous attendois pas ſi-tôt. — Cela ſe peut bien, Madame. — Vous paroiſſez agité, Monſieur, qu'avez-vous donc? — Ce que j'ai, Madame, ce que j'ai!... j'ai que.... je ſuis furieux. — Modérez-vous, Monſieur.... peut-on ſavoir?.... — J'ai que.... il n'y a plus de mœurs nulle part.... les femmes!... — Monſieur, la remarque eſt honnête, & l'application heureuſe! — Madame, c'eſt que je n'aime pas qu'on me joue!... & quand on me joue, je m'en apperçois bien vîte! — Comment! Monſieur, des reproches! des injures!... cela s'adreſſeroit-il....

vous vous expliquerez, ſans doute? — Oui, Madame, je m'expliquerai, & vous allez être convaincue! — Convaincue!.... de quoi? Monſieur. — De quoi! de quoi! un moment donc, Madame, vous ne me laiſſez pas le tems de reſpirer!... Madame, vous avez reçu chez vous, logé chez vous, couché avec vous Mademoiſelle Duportail? (La Marquiſe avec fermeté.) Hé bien, Monſieur? — Hé bien, Madame, ſavez-vous ce que c'eſt que Mademoiſelle Duportail? — Je le ſais.... comme vous, Monſieur. Elle m'a été préſentée par Monſieur de Roſambert; ſon père eſt un honnête Gentilhomme, chez qui vous avez ſoupé encore avant-hier. — Il ne s'agit pas de cela, Madame? Savez-vous ce que c'eſt que Mademoiſelle Duportail? — Je vous le répète, Monſieur, je ſais comme vous que Mademoiſelle Duportail eſt une fille bien née, bien élevée, fort aimable. — Il ne s'agit pas de cela, Madame. — Hé! Monſieur, de quoi s'agit-il donc? avez-vous juré de pouſſer ma patience à bout? — Un moment donc, Madame; Mademoiſelle Duportail n'eſt point une fille.... (La Marquiſe très-vivement.) N'eſt point une fille! — N'eſt point une fille bien née, Madame, c'eſt une fille d'une eſpèce.... de ces filles qui.... là.... vous m'entendez? — Je vous aſſure que non, Monſieur. — Je m'explique pourtant bien; c'eſt une fille qui.... dont.... que... enfin ſuffit, vous y êtes? — Oh, point du tout, Monſieur, je vous aſſure. — C'eſt que je voudrois vous gazer cela.... Madame, c'eſt une P.... vous comprenez? — Mademoiſelle Duportail! une.... pardon, Monſieur, mais je n'y tiens pas, il faut que je rie. (En effet, la Marquiſe ſe mit à rire de toutes ſes forces.) Riez, riez, Madame.... tenez, connoiſſez-vous cette lettre là? — Oui c'eſt celle que j'ai écrite à Mademoiſelle Duportail, le lendemain du jour qu'elle a couché chez moi. — Juſtement, Madame. Et celle-ci, la connoiſſez-vous? — Non, Monſieur. — Regardez-la, Madame, vous voyez bien l'adreſſe. A Monſieur, Monſieur le Chevalier de Faublas; & liſez le dedans: « Mon cher Maître, j'ai » l'honneur de prendre la liberté d'oſer » vous interrompre, pour vous ſou» haiter que cette année qui com» mence, vous ſoit belle & bonne, » &c. J'ai l'honneur d'être avec un » profond reſpect, mon cher Maître, » &c. » C'eſt une lettre de bonne année d'un domeſtique à ſon Maître, qui est ce Monsieur de Faublas. Hé bien, Madame, ces deux lettres là étoient dans le portefeuille que voici. — Enfin, Monsieur? — Madame, & le portefeuille, vous ne devineriez jamais où je l'ai trouvé? —Dites, dites, monsieur. — Je l'ai trouvé dans un endroit où.... là.... — Hé! Monsieur, dites tout de suite le mot, vous seriez toujours obligé d'en venir là, ainsi.... — Hé bien, Madame, je l'ai trouvé dans un mauvais lieu. —Dans un mauvais lieu! —Oui, Madame. — Où vous aviez affaire? Monsieur. — Où la curiosité m'a conduit. Tenez, je vais vous conter cela. Une femme à fait courir depuis quelques jours des billets imprimés, par lesquels elle donne avis aux amateurs, qu'elle peut leur offrir de charmans boudoirs qu'elle louera à tant par heure; moi! j'ai été voir cela par curiosité, uniquement par curiosité, comme je vous le disois tout-à-l'heure. — Quel jour y avez-vous été ? Monsieur. — Hier l'après-dînée, Madame; les boudoirs sont en effet charmans !.... il y en a un sur-tout au premier étage.... il est vraiment joli ! ... on y voit des tableaux, des estampes, des glaces, un alcove, un lit.... ah, c'est le lit sur-tout ! figurez-vous que ce diable de lit est à ressorts !.... ah, c'est très-plaisant ! tenez, il faut quelque jour que je vous fasse voir cela. Un mari & sa femme en partie fine ! répondit la Marquise, cela seroit beau !

J'entendis quelque bruit ; la Marquise se défendoit, le Marquis l'embrassa. Leur conversation qui, dans les commencemens m'avoit inquiété, m'amusoit alors au point, que je sentois moins la gêne de ma situation. Le Marquis reprit ainsi.

Mais, c'eſt que rien n'y manque! il y a dans ce boudoir, au premier étage, une porte qui communique chez une marchande de modes qui loge à côté...cela eſt fort bien imaginé... vous entendez qu'une femme comme il faut a l'air d'être chez ſa marchande de modes; point du tout, elle monte l'eſcalier, & puis on vous en plante à un pauvre mari!.... mais écoutez-moi, madame; dans ce boudoir j'ai ouvert une petite armoire, & dans cette armoire, j'ai trouvé ce porte-feuille? Ainſi il eſt clair que mademoiſelle Duportail a été là avec ce monſieur de Faublas; & cela eſt très-vilain à elle! & très-malhonnête à monſieur de Roſambert, qui la connoiſſoit, de nous l'avoir préſentée! & très-imprudent à ſon père, de la laiſſer ſortir accompagnée ſeulement d'une femme-de-chambre, & je n'en ai point été la dupe!

dupe! il y a dans ſa figure... vous ſavez comme je ſuis phyſionomiſte!...... elle eſt jolie, ſa figure! mais il y a quelque choſe dans les traits qui annonce un ſang. . . cette fille-là a du tempérament, & je l'ai bien vu! . . . . Vous ſouvenez-vous de ce ſoir, que Roſambert lui dit qu'il y avoit des circonſtances... heim! des circonſtances! vous n'aviez pas remarqué cela, vous! moi! je vous ai relevé le mot! Ah, l'on ne m'attrape pas! & tenez, le même jour. . . . . venez, venez, madame....

La marquiſe qui me croyoit parti, ſe laiſſa conduire à ſon boudoir : le marquis continua.

Elle étoit ici, dans ce boudoir.... là. Vous, vous étiez couchée ſur cette ottomane... je ſuis arrivé... madame, elle avoit le teint animé, les yeux brillans, un air! . . . Oh, je vous le dis, cette fille a un tempérament de feu ! vous ſavez que je m'y connois ; mais laiſſez-moi faire, j'y mettrai bon ordre. — Comment ! monſieur, vous y mettrez bon ordre ? — Oui, oui, madame ; d'abord je dirai à Roſambert ce que je penſe de ſon procédé ; il y a peut-être été avec elle, Roſambert ! enſuite je verrai monſieur Duportail, & je l'inſtruirai de la conduite de ſa fille. — Quoi ! Monſieur, vous ferez à monſieur de Roſambert une mauvaiſe querelle ? — Madame ! madame ! Roſambert ſavoit ce qui en étoit, il étoit jaloux de moi comme un tigre. — De vous ? Monſieur. — Oui, madame, de moi, parce que la petite avoit l'air de me préférer.... Elle me faiſoit même des avances, & c'eſt en cela qu'elle m'a joué, elle ! car elle avoit alors ce monſieur de Faublas. Je ſaurai ce que c'eſt que ce monſieur de Faublas, & je verrai monſieur Duportail. — Quoi ! Monſieur, vous pourriez aller dire à un père ?...—Oui, Madame, c'eſt un ſervice à lui rendre, je le verrai, je l'inſtruirai de tout. — J'eſpère, Monſieur, que vous n'en ferez rien. — Je le ferai, Madame. — Monſieur, ſi vous avez quelque conſidération pour moi, vous laiſſerez tout cela tomber de ſoi-même. — Point ! point ! je ſaurai.... --- Monſieur, je vous le demande en grâce. -- Non, non, Madame. --- Vous m'éclairez, Monſieur, je vois le motif de l'intérêt ſi preſſant que vous prenez à ce qui regarde mademoiſelle Duportail. Je vous connois trop bien pour être la dupe de cette auſtérité de mœurs, dont vous vous parez aujourd'hui ; vous êtes fâché, non pas de ce que mademoiſelle Duportail a été dans un lieu ſuſpect, mais de ce

qu'elle y a été avec un autre que vous.
--- Oh, madame! --- Et quand j'accueillois chez moi une demoiselle que je croyois honnête, vous aviez des desseins sur elle! -- Madame! -- Et vous osez venir vous plaindre à moi-même d'avoir été joué! c'étoit moi, c'étoit moi seule qu'on jouoit!

Elle se laissa tomber sur l'ottomane; son mari jetta un cri, & puis il embrassa la marquise, en lui disant: Si vous saviez comme je vous aime. -- Si vous m'aimiez, monsieur, vous auriez plus de considération pour moi, plus de respect pour vous-même, plus de ménagement pour un enfant, peut être moins à blâmer qu'à plaindre.... Que faites-vous donc? monsieur, laissez-moi; si vous m'aimiez, si vous n'iriez pas apprendre à un père malheureux les égaremens de sa fille, si vous n'iriez pas conter cette aventure à monſieur de Roſambert qui en rira, qui ſe mocquera de vous, & qui dira par-tout que j'ai reçu chez moi une fille à intrigue!...... mais, monſieur, finiſſez donc, ce que vous faites là, ne reſſemble à rien. -- Madame, je vous aime. --- Il ſuffit bien de le dire! il faut le prouver. -- Mais depuis trois ou quatre jours, mon cœur, vous ne voulez jamais que je vous le prouve. --- Ce ne ſont pas de ces preuves-là que je vous demande, monſieur.... mais, monſieur, finiſſez donc. --- Allons! madame, allons; mon cœur! -- En vérité, monſieur, cela eſt d'un ridicule! -- Nous ſommes ſeuls. -- Il vaudroit mieux qu'il y eût du monde, cela ſeroit décent! mais, finiſſez donc, n'avons-nous pas toujours le tems de faire ces choſes là?... finiſſez donc.... quoi! des gens mariés!... à votre âge!... dans un boudoir!..... sur une ottomane!..... comme deux amans!... & quand j'ai lieu de vous en vouloir; encore. --- Hé bien, mon ange, je ne dirai rien à Rosambert, rien à monsieur Duportail. --- Vous me le promettez bien! — Je vous en donne ma parole..... — Hé bien, un moment; rendez-moi le porte-feuille, laissez-le moi. --- De tout mon cœur, le voilà. (Il y eut un moment de silence.) --- En vérité, monsieur, dit la marquise d'une voix presque éteinte, vous l'avez voulu; mais cela est bien ridicule.

Je les entendis bégayer, soupirer, se pâmer tous deux; on ne peut se figurer ce que je souffrois sous l'ottomane pendant cette étrange scène; j'aurois étranglé les acteurs de mes mains, & dans l'excès de mon dépit, j'étois tenté de me découvrir, de reprocher à la Marquise cette infidéfité d'un nouveau genre, & de rendre au Marquis l'amère mistification qu'il me faisoit essuyer sans le savoir. Justine vint terminer mes irrésolutions ; elle ouvrit tout-à-coup la porte de l'escalier dérobé. La Marquise jetta un cri ; le Marquis se sauva dans la chambre à coucher pour y réparer son désordre. Justine appercevant un mari au lieu d'un amant, demeura stupéfaite, & la Marquise ne fut pas moins étonnée qu'elle, en me voyant sortir de dessous l'ottomane. Je remerciai tout bas la femme-de-chambre. Grand merci ! Justine, tu m'as rendu service, j'étois fort mal dessous, tandis que Madame étoit dessus, très à son aise. La Marquise interdite & tremblante n'osa ni me répondre, ni me retenir. Son mari étoit si près de là ! probablement il alloit rentrer, dès qu'il seroit plus décemment vêtu.

Justine se rangea pour me laisser passer. Je descendis l'escalier dérobé, sans lumière, au risque de me rompre vingt fois le col; je traversai la cour rapidement, & je sortis de l'hôtel en maudissant ses maîtres.

Le lendemain j'étois encore au lit, quand Jasmin m'annonça Justine, & se retira discrétement. Mon enfant, je songeois à toi! — Ah, Monsieur, laissez moi; cette fois-ci vous ne m'y prendrez pas, je veux commencer par ma commission. Savez-vous que j'ai été encore bien grondée hier ? vous nous avez fait une belle peur! vous n'étiez pas encore au bas de l'escalier quand le Marquis est rentré dans le boudoir. Voyez cette sotte, a-t-il dit, qui entre ici comme un coup de pistolet! dès qu'il nous a quittés, Madame désolée de l'aventure, m'a dit qu'elle ne concevoit pas pourquoi vous étiez caché ſous l'ottomane. J'ai été forcée de lui avouer que j'avois, ſans y ſonger, fermé la porte à double tour. Elle m'a fait une ſcène! & puis ce matin elle m'a remis cette lettre pour vous. — Fort bien, ma petite Juſtine, voilà ta commiſſion faite, car je n'ouvrirai pas la lettre. — Vous ne l'ouvrirez pas? Monſieur. — Non, je ſuis fâché contre ta maîtreſſe. — Vous avez tort. — Mais je ne ſuis pas fâché contre toi, Juſtine. — Et vous avez raiſon.... Finiſſez!.. mais tenez, je le veux bien, à condition que vous lirez la lettre. — Oh, qu'une maîtreſſe eſt heureuſe d'avoir une fille comme toi! hé bien, oui, je lirai.

Juſtine remplit de ſi bonne grâce, les conditions du traité, qu'il y auroit eu de ma part de la perfidie à ne pas tenir parole: j'ouvris la lettre.

« Que notre aventure d'hier m'a
» peinée! mon bon ami. Cette scène
» qui n'eût été bizarre, si comme je
» le croyois, vous n'en aviez pas été
» le témoin, est devenue par votre
» présence, aussi désagréable pour moi,
» que mortifiante pour vous. Quels
» mots vous avez dit en partant! in-
» grat! vous ne savez pas le mal que
» vous m'avez fait! revenez à moi,
» mon bon ami, revenez à celle qui
» vous aime; trouvez-vous à midi au
» lieu qu'on vous désignera. Là, je
» n'aurai pas de peine à me justifier;
» là, quand mon amant sera bien
» convaincu de son injustice, il me
» trouvera prête à lui pardonner sa
» vivacité ».

Monsieur, reprit Justine, dès que j'eus finis ma lecture, Madame vous attendra à midi au boudoir de l'autre jour..... vous savez bien?..... où nous vous avons habillé. — Oui, Justine, & où tu as tant pleuré! si tu savois comme j'ai souffert pour toi; mais aussi, friponne, tu ne te contentes pas de faire des malices, tu en dis! — Ne me parlez pas de cela, j'en suis encore toute honteuse. . . . . finissez donc. . . . . donnez-moi votre réponse pour ma maîtresse. — Ma réponse, Justine, est que je n'irai pas au rendez-vous. — Vous n'irez pas? — Non, Justine. — Quoi? vous donnerez ce chagrin-là à ma Maîtresse? — Oui, mon enfant. --- Mais vous allez me faire gronder. --- Je me charge de te consoler d'avance. --- Vous êtes bien décidé? --- Très-décidé, Justine. -- Hé bien, en ce cas, faites un bout de lettre. . . . finissez donc. . . . (elle m'embrassa.) Ecrivez un mot pour ma Maîtresse. — Non, mon enfant, je n'écrirai pas. --- laissſez-moi !... mais tenez, je le veux bien encore, à condition que vous écrirez — Ah! Juſtine, je le répète : qu'une Maîtreſſe eſt heureuſe d'avoir une fille comme toi ! hé bien, oui, j'écrirai.

J'écrivis en effet :

« Je ne ſais, Madame, ſi l'aven-
» ture d'hier vous a beaucoup *peinée*,
» mais à la manière dont vous avez
» rempli votre emploi ſur l'ottomane,
» j'ai lieu de croire qu'il ne vous pa-
» roiſſoit pas très-pénible. Quand on
» a un mari aimable, galant & ten-
» drement aimé, Madame, on doit
» s'en tenir là. Je ſuis avec le plus vif
» regret, &c. ».

Fin du premier Volume.

www.ingramcontent.com/pod-product-compliance
Ingram Content Group UK Ltd.
Pitfield, Milton Keynes, MK11 3LW, UK
UKHW031907260826
14628UKWH00003B/1034

9 782014 451795